光文社文庫

文庫書下ろし／長編時代小説

暁の雹

其角忠臣蔵異聞

小杉健治

光 文 社

この作品は光文社文庫のために書下ろされました。

目次

暁(あかつき)の雹(ひょう)　其角忠臣蔵異聞

第一章　芝居

一

初夏の明け方の生暖かい風が素肌を撫でる。

七つ半（午前五時）過ぎの木挽町の目抜き通りに、店先に提灯の明かりを点し、暖簾を掛けた茶屋が並ぶ。茶屋からは屋号の入った紋入りの提灯を提げた若い衆が客を芝居小屋へ案内する。客たちはいつも以上に浮き立っているようであった。

その中に、俳人宝井其角と、豪商紀伊國屋文左衛門の姿があった。其角は四十一歳。真ん丸な禿頭で円らな瞳をして、唐桟の羽織と揃いの着物を着流している。文左衛門は三十三歳、黄金色の羽織に光沢のある派手な白い着物を着ている。通りをゆく人々はふたりに目を向けて、「あれが其角じゃねえか」とか、「その隣が紀文だ」と話している。ふたりとも天下に名を轟かせている。

「それにしても、あの松の廊下の刃傷がもう芝居になるなんて」

文左衛門が楽し気に言った。

朝廷からの勅使が江戸城に新年の挨拶の返礼に来たのが三月十一日、その後三日間に亘り饗応役の赤穂藩主の浅野内匠頭長矩や高家筆頭の吉良上野介が接遇に当たり、儀礼の最終日の十四日に浅野が吉良に松の廊下で突然刃傷に及び、即日切腹に処せられた。あれから、三月しか経っていない。

その三月の間に、江戸にある浅野家上屋敷、赤坂下屋敷、本所下屋敷は没収となり、赤穂の方では籠城して徹底抗戦するか、城の前で家来全員が切腹をするかなどと言われていたが、素直に城を明け渡した。

それから、何の揉め事もなく過ごしているが、江戸市井では未だに嘘か真かわからないような刃傷にまつわることが噂されていた。そんな時に山村座が人気若手役者の生島新五郎を主役に芝居をするとあって、連日大変な賑わいを見せていた。

其角と文左衛門は親交のある市川團十郎から声を掛けられて、十日目の芝居を見に来ることになった。團十郎は出ないが、舞台袖から日頃可愛がっている新五郎を見ているとのことであった。

「世間を騒がした事件だ。團十郎が最初に芝居にするだろうと思っていたが、まさか山村座だとはな……」

團十郎は三升屋兵庫の筆名で狂言作者としていくつかの作品を書いている。團十郎はこの刃傷に関心を持っていて、色々と独自に調べているようであった。

やがて山村座にたどり着いた。木戸口には平土間の客が並んでいた。

「では、いってらっしゃいまし」

茶屋の若い衆が頭を下げた。そこからは芝居小屋の若い衆に案内されて、舞台下手の桟敷席に通された。

客席はまだ大分空いているが、続々と入ってくる。

「どんな内容になっているんでしょうね」

文左衛門は緞帳が下がっている舞台に目を向けて呟いた。

やがて、拍子木が鳴ると、客席が静かになった。

幕が開いた。舞台の上では、屋敷の庭に満開の桜が咲いていた。

生島新五郎が演じる目鼻立ちの整った白塗りの青穂藩藩主浅川雅楽頭は部屋から庭の桜を眺めていた。奥の襖が開き、真剣な顔をした家老大腰村之介が入ってきた。

「やはり、あの程度の勘定では、饗応役は務まりませぬ」

大越が浅川の横に座り、厳しい口調で言う。

「いいや、勅使とはいえ、そのような金子をかけるのは無駄というものだ」

浅川は一蹴した。

「殿、どこで何者が聞いているかわかりませぬぞ」

「お前はいちいち、うるさいの。青穂藩の財政がここまで豊かなのは、余が無駄を省いておるからであろう」

「しかし、饗応役は大役にございます。そこに勘定を割くのは無駄ではございませんん」

「いいや、無駄だ。饗応役で喜ばれたところで何になる。民が余を慕う気持ちが高まるわけでもあるまい」

「諸藩からの見え方が変わりまする」

「なに？」

「青穂藩は他藩のご家中から吝嗇だと言われているのをご存じではありませぬか」

「言いたい奴には、言わせておけばよい」

浅川は突き放す。

「このままでは、家臣の忠義の心も離れてしまいます。家臣あってこその殿でござります」

「お前をもっと重用しろというのか」

「さようなことではございません。江戸の屋敷に詰めている者の中には、殿のなさりように思いを致すところあって、藩を抜ける者まで出ております」

「黙れ、黙れ。藩を抜けた者にまで、余が責めを負うのか」

浅川は大声を上げる。それでも、大腰は引き下がらなかった。

「今回、勅使の饗応役を見事果たされることが、そういった声を拭い去ることになりましょう。殿、何卒(なにとぞ)お考えをあらためくださりませ」

大越は頭を下げた。

「金をかければよい接遇が出来るというものでもなかろう」

「粗末な接遇をしないためにも、金はかかるものでございます。それに、饗応役を務めるに当たっては、高家筆頭の木屋(きや)上総介(かずさのすけ)さまからご指導を受けなければならず、それゆえ、木屋さまにもいくらか金子を包むことも余儀なく……」

「木屋殿は余に指導するのが務めである。いちいち、金なぞ渡さぬでよい」

「しかし、風儀として……」

「風儀も何も、余の知ったことではない。木屋殿に金は包まぬ。指導はお前が受けておくがよい。この話はこれにて終わりである。目障りである。下がれ」

浅川は無理やり大腰を追い出した。

周りの客たちの顔は自然と険しかった。そこで一幕が終わった。

幕間になり、茶屋から酒と食事が運ばれてくる。平土間の客たちは弁当を広げた。

第二幕の最初の場面では、木屋上総介の屋敷に切り替わった。

白髪で、顔に皺が多い木屋が千両箱を開け、小判を数えている。その時、「失礼つかまつりまする」と家来が廊下から声をかけた。

「浅川さまのご家来が挨拶にやって来られました」

家来が伝える。

「なに、今さらか？　それに、浅川殿ではなく、家臣が来るとは、随分と舐められたものよの」

木屋は厭味ったらしく言う。

「如何致しましょう」

「これだけ遅れたのだ。詫びの印はたんまりと持ってきているやもしれぬ。会うだけ会ってやろう。ここへ連れて参れ」

木屋が金の扇子で畳を叩く。

しばらくして、大腰が部屋に入って来た。

「お初にお目にかかります。青穂藩家老大腰村之介にございまする」

大腰は丁寧（ていねい）に頭を下げた。

「饗応役のことで来たのか」

「はい、木屋さまからご指導いただきたく、ご挨拶にまかり越しました」

「指導を受けるというに、浅川殿は来ぬのか」

「はっ、我が殿は生憎（あいにく）、御身の具合が優れぬゆえ」

「浅川殿はまだ三十そこそこであろう。にもかかわらず、身の具合が優れぬとは、情けないのう」

木屋は憎たらしく言う。

「無礼の段、平（ひら）にご容赦願いまする」

大腰はただただ頭を下げるばかりである。

「本人が来ぬのであれば、指導も何も出来ぬではないか。浅川殿は饗応役を軽んじておられるのではないか」

「とんでもないことでございまする」

「それなら、誠意を見せていただこうかの」

木屋の目が鈍く光った。

「はっ。どうぞ、こちらをお納めくださりませ」

大腰は懐から袱紗を取り出し、木屋に差し出した。木屋は曇った表情でそれを受け取り、中身を改めた。

「何かの間違いであろう」

木屋はきいた。

「と、おっしゃいますと……」

大腰は戸惑い、口ごもった。

「このような端金で、わしを指導に当たらせるというのか！」

木屋が叱責する。

「これはとんだ無礼をいたしました。手前共には相場がわからず」

「浅川殿のお考えはようわかった。指導はいたしかねる旨、しかと伝えよ」

木屋は怒って、大腰に帰るように促した。大腰は何度も謝って、部屋を後にした。

其角が近くの客を見ると、拳を強く握っていた。

その後、城内で浅川と木屋が顔を合わせる場面があるが、木屋は「田舎侍のくせに生意気だ」などと言い、浅川はその場では頭を下げていたものの、木屋がいなくなってから、「あの狸爺め」と貶す。

芝居はまだまだ続く。

客は皆、舞台にのめり込んでいるのがわかった。其角も舞台から目が離せなかった。


夕七つ（午後四時）も過ぎ、舞台は終盤に差し掛かった。

舞台は大廊下になっており、上手には木屋上総介がいる。花道から大紋の長袴の浅川雅楽頭が出てきた。

浅川が舞台中央に差し掛かると、突然腰に手をかけ、次の瞬間、木屋の額に短刀で斬りつけた。

浅川はさらに木屋に斬りかかろうとしたが、大きな体の武士に羽交い締めにされた。

「止めて下さるな、梶原殿。武士の情けじゃ、討たせてくりゃれ」

浅川がどうにか木屋に向かおうとするが、梶原は手を離さない。その間に、木屋が廊下を這いつくばって逃げ惑う。その様子に平土間から罵声を浴びせる客もいれば、指を差して嘲る者もいた。

　芝居は木屋が上手に這いつくばりながら引き上げていき、浅川が無念そうにあがいているところで幕が一度閉じて、次に開くと白装束を纏った浅川雅楽頭が切腹する場面で幕が閉じる。

　終演してからも、客席からは様々な声が飛び交う。言うまでもなく、浅川雅楽頭は浅野内匠頭であり、木屋上総介は吉良上野介である。

（吉良さまは金に汚く、浅野さまは傲慢に描かれている）

　其角はどこか複雑な想いでいた。

「木屋の憎たらしさもさることながら、浅川の傲慢で頑固なところも、じれったかったですな。それにしても、新五郎も役者として、一皮むけた気がしますな」

　文左衛門が褒めたたえた。

「ああ……」

　其角は適当に返した。

　文左衛門は其角の顔をまじまじと見る。

「なんだ？」

　其角はきいた。

「いえ、先生が浮かない顔をしているので」

「幕府を批判する芝居だと思ったが、吉良さまと浅野さまを悪く描く内容なのは、どうも解せねえ」

「そうですか？　よく出来ていると思うんですが」

「芝居だからいいが、実際には遺恨ではない」

其角は言い切った。

「まあ、色々な見方がありますからね。いずれにしても、遺恨があったという方が芝居としては面白く出来上がっていた」

文左衛門は軽い口調で言う。それには、其角も異存はなかった。芝居に登場する人物や背景、そして刃傷の様子などは、まるでその場で見ていたかのように真に迫っていた。

いま江戸市井では、遺恨か乱心か様々に言う者がいるなかで、いくら芝居とはいえ、これによって、実際は遺恨があったから刃傷を起こしたのだと思い込む者は少なくないはずだ。

「一体、誰がこの狂言を書いたんだ」

其角は文左衛門にきいた。

「えーと、たしか伊勢貞九郎とかいう……」

文左衛門は顔をしかめながら、思い出すように答える。

「伊勢貞九郎、聞いたことねえな」

「私も初めて聞く名前です。まだ若手の作者ですかね」

「若手でこんなものを作れたら大したもんだ」

近松門左衛門が作ったと言ってもおかしくないほどの出来栄えであった。近松は上方にいる戯作者で、其角は近松に頼まれて、刃傷のことを事細かく文にしたためて送っていたが、もっと詳しく調べてから芝居にすると言っていた。

客席を見ると、ほとんど人がいなくなっていた。残っている者たちはまだ余韻を楽しみたいのか、隣の者と話に夢中になっているようだった。

「さて、わしらも行くか」

其角は立ち上がる。

腰に軽い痛みが走った。思わず、痛い箇所に手を遣った。

「大丈夫ですか」

文左衛門も続いて立ち上がり、心配する。

「近ごろ、どうも腰にくるんだ」

「まだ先生はそんな歳でもないのに」

「四十も過ぎたら、体の至るところにがたがくる。お前も十年もすればわかるようにならあ」

其角は八歳年下の文左衛門に自虐気味に言う。

「私だって、もう色々と……」

文左衛門は苦笑いし、

「先生は若い頃の無理が祟ったんじゃねえですか」

其角はまだ年端も行かない頃から吉原に出入りしており、常に女が付きものだった。今年四十一、小肥りの禿頭で顔の造りも良くないが、遊び慣れているせいか、やけに女にもてる。

「それもあるかもしれねえな。だが、お前さんだって、同じじゃねえか」

其角は言い返した。

「私は日頃から鍼をやっていますから。そうだ、今度私の受けている鍼医を紹介しましょう」

「鍼は好きじゃねえな」

「騙されたと思って、一度受けてみてください。私も最初は信じられなかったんですが、三島検校に診てもらってからはすっかり良くなったんです」

「鍼でねえ……」

其角は疑心暗鬼に首を傾げた。

「三島検校は将軍綱吉公の治療にも当たっている者で」

「将軍の？　そういや、杉山検校という鍼医が以前将軍に鍼の治療をしているとか聞いたが」

「その杉山検校の弟子が三島検校です。七年前に杉山検校が亡くなってからは、三島検校が将軍の治療に当たっています」

文左衛門が答えた。

十五年ほど前、今は隠居して子息の伊達綱村に家督を譲っている三代目仙台藩主綱宗公が腕の良い鍼医がいるということで、杉山検校に引き合わせてもらったことがあった。其角は体が丈夫なので、特に治療は受けなかったが、一緒に酒を呑んだ。杉山検校は将軍の治療にも当たっていると言い、側近でしか知りえないようなことも耳にしているほど信頼を置かれている様子で、杉山検校なら裏で将軍を操ることもできるのではないかと、ふと恐ろしく思ったことがあった。

其角は鍼を受ける気は到底なかったが、三島検校も将軍に近い。刃傷の裏側を知っているのではないか。

「今度、その三島検校を紹介してくれ」

其角は言った。

「ええ、先生の体も楽になるはずですよ」

文左衛門は其角の考えなどつゆほども思わない様子で、自信に満ちて答える。

その後、ふたりは茶屋の二階に移った。

しばらく呑んでいると、廊下から「お見えになりました」と店の若い衆の声がした。

襖が開くと、市川團十郎が入って来て、それに続くように、生島新五郎、山村座の座長でもある山村長太夫などの役者たちが数名続いた。その中に、見知らぬ四十過ぎの痩せた猫背の男が見えた。團十郎は其角の右横、その隣に猫背の男が座った。新五郎は文左衛門の傍に腰を下ろした。

「先生、これが今回の芝居の作者、伊勢貞九郎です。なかなか、面白い奴なんですぜ」

團十郎が嬉しそうに言うと、貞九郎は頭を下げた。

「初めまして、伊勢貞九郎でございます。其角先生のことは、近松先生からもよく伺っております」

「門左衛門から？　お前さんは上方でやっているのか」

「ここ十五年ぐらいは上方におりますが、生まれは加賀でございます」

「加賀？」

「はい、伊勢家は代々狂言作者でして、京に住んでおりましたが、私の父が先代の前田さまにご贔屓に与り、加賀に呼ばれました」

「お前さんは加賀にいなくてもいいのか」

「私は狂言よりも文楽や歌舞伎のようなものに惹かれまして、家を飛び出したのでございます。いま伊勢家は弟が継いでおりますので」

貞九郎の物腰は柔らかかった。ふとした瞬間に見せる表情が、どこか悲しそうで、苦労をしているのだろうと感じさせた。

「それにしても、よく出来た作品だった」

其角はまず褒めた。

「恐れ入ります」

貞九郎が頭を下げる。

「あっしもびっくりしているんです。もう十五年来の付き合いですが、こんなに好いものを作れるなんて」

團十郎が口を挟む。

「ひと昔前は、少し話題になったものを作ったことがあったのですが、近ごろは全く鳴かず飛ばずでして、これで再起を図ろうとしていたのです。もし、今回だめだったら、筆を折ろうと決めていたんです。なので、どうしてもいいものをと、必死の思いで……」

貞九郎はどこか遠い目で答える。

「道具から登場人物、その背景に至るまでかなり詳細に描かれていたが、お前さんがひとりで調べたのか」

其角は気になっていたことをきいた。

「調べたというよりは聞いた話に脚色を加えたのでございます」

「誰から聞いたんだ」

「知り合いの商家の主人にございまする」

「商家の主人？　いってえ、誰なんだ」

「西国屋京三郎さんです」

「西国屋京三郎？」

「小網町に店を構える油問屋です。幕府の御用商人も務めている方でして」

「そうか」

其角は文左衛門を見た。生島新五郎と楽し気に話している。文左衛門も幕府の御用商人だ。だが、以前、西国屋のことを悪く言っていたような気がした。西国屋も文左衛門と同じく、賄賂を使って御用商人にまで上り詰めた男のはずだ。

「ってことは、西国屋がこの興行の金主なのか」

「私は金の流れまではわかりませんが……」

貞九郎は軽く首を傾げる。

「まあ、そうだよな」

其角は頷き、貞九郎に次から次へと今回の芝居のことを訊ねていった。貞九郎は其角の質問に言葉を詰まらせることなく、すらすらと答えるが、其角が本当に知りたいことをあえて避けているようにも思えて仕方なかった。

何とも言えない違和感が胸につかえていた。

二

翌日、晴れわたった昼下がり。

穏やかな風が江戸城の濠沿いの柳の木を軽く揺さぶる。

其角は半蔵門の近くにある京極飛騨守の上屋敷に呼ばれ、碁を打った帰りであった。碁が強い内弟子の二郎兵衛も一緒だった。

二郎兵衛は背の高い二十半ばで、優しそうな面立ちだが、眼光は鋭い。俳諧に通じているわけではないが、其角の身の回りの世話をすることもあるし、剣術も達者なので用心棒にもなっている。

ふたりが江戸座に戻ろうと、桜田門の前を通りかかったとき、上杉家上屋敷の正門から乗り物が出てきた。乗り物の脇には護衛のがっちりとした体つきの武士がいた。どことなく、知っている者の姿に似ていた。

誰だったかと考えていると、

「先生、あちらをご覧ください」

二郎兵衛が囁いた。

其角は二郎兵衛の目の先を追った。濠沿いの柳の木の陰に、笠を被った背の高い侍が隠れるように立っていた。

「どうしたんだ」

其角は二郎兵衛に確かめるようにきいた。

「異様な気配を感じます。もしや、あの乗り物を狙っているのでは」

二郎兵衛は気にした。

「どうかな」

其角は首を傾げる。

侍はおもむろに乗り物の後を尾けて行った。ふたりはたまたま乗り物が行く方向と同じだったので、侍の後ろを歩く。其角はその侍を追い越すに追い越せなかった。

乗り物が日比谷御門の前あたりまで来ると、突然止まった。

行く手から中年の武士がやって来て、乗り物の前で土下座をした。乗り物の簾が開き、白髪頭の男が顔を出した。習わし通りの挨拶を交わしているのか。

侍も足を止めて見ている。

ちょうど、其角は侍と横並びになり、追い抜くところであった。

侍は驚いたように、

「其角先生、それに二郎兵衛どの」

と、笠を上にずらした。

たくましい顎に、通った鼻筋、一重瞼の勝気そうな眼差しが覗く。

赤穂藩馬廻役の堀部安兵衛だ。高田馬場の決闘で名を馳せた剣豪である。

「堀部さまでしたか」

其角は頭を下げた。

俳句を通じて親交のある大高源吾と堀部が仲良いこともあり、其角も一緒に呑むことがしばしばあった。堀部は筋が通らないことが嫌いで、捻くれたところもなければ、隠し立てすることもない。自分と似ているところを感じ、一緒に呑んでいて心地よかった。堀部安兵衛とは今年の一月に呑んで以来である。刃傷沙汰があってからは一度も会っていない。沙汰があってから数日した後に赤穂へ帰っていたと、不破数右衛門という浪人から聞いていた。不破も赤穂藩の馬廻役であったが、試し切りをしたのが露見して、藩を追われる羽目になった男である。

「何をされていたので？」

其角はきいた。

「いえ、別に……」

堀部は横目で乗り物の方を気にしながら口ごもった。

「あの乗り物に何かあるのですか」

二郎兵衛が引き締まった表情で口を挟む。

「何でもありません」

堀部は目を逸らして否定する。

「あの乗り物に乗っているのは吉良さまではありませんか」

二郎兵衛がさらにきく。

「どうでしょう。そこまで確かめておりません」

堀部はあからさまに惚けた。その様子に違和感を覚えるが、

「では、失礼」

堀部はその場を立ち去った。其角は堀部の後ろ姿を見ながら、やはり何かおかしいと思った。

「堀部さまの言葉を信じますか」

二郎兵衛が唐突にきいた。

「どうかな」

其角は曖昧に首を動かす。

「面倒なことにならなければいいのですが」

「お前の考え過ぎだ」

「だといいんですが」

二郎兵衛は相変わらず心配そうに言い、周囲を見渡した。

「どうした」

其角がきく。

「実はさっき御用屋敷の角に人影がありました」

二郎兵衛が囁く。

「別におかしいことじゃねえ」

「ですが……」

「お前は何にでも疑り(うたぐ)深い。そんなんじゃ、浮世を渡るのも疲れちまうぞ」

「先生は何事も気軽に考え過ぎです」

「これくれえが丁度いいんだ」

其角はそう言いながら、ふと同じ言葉をある女に言われたことを思い出した。

音曲の師匠の阿国(おくに)である。

元々、定町廻り(じょうまちまわ)同心(どうしん)の巣鴨三十郎(すがもさんじゅうろう)の妾(めかけ)であったが、其角と好い仲になった。

何度か逢瀬を重ねたが、それきりである。阿国に飽きたわけではないが、其角は元から同じ女に執着しない。

　だが、ふと阿国に会いたい気持ちが湧いてきた。

「すまねえ。先に帰ってくれるか」

　其角は小さく言う。

「どちらへ行かれるのですか」

「まあ、ちょっと」

「吉原ですか」

「違う」

「では、深川で？」

「遊びに行くんじゃねえ」

「それなら、どこへ？」

　二郎兵衛はしつこくきいてきた。

「お前って奴は……」

　其角はいつもながら鬱陶しく思い溜め息をついた。

「私は先生に何かあったら、すぐに駆け付けられるように聞いているのですから」

二郎兵衛が恐い顔をして言う。

「わかってる」

其角は適当にあしらいながら、

「田原町だ」

と、返した。

「田原町……。もしかして、阿国さんのところですか」

「……」

其角は黙って歩き出した。

「お気をつけて」

背中に二郎兵衛の声を受ける。

其角が少し歩いてから振り返ると、二郎兵衛はまだこちらの様子を窺っていた。

其角は歩を速めた。


夕陽が長屋木戸に差し込んでいた。どこからともなく、焼き魚や味噌汁のにおいが漂ってきた。其角は阿国の暮らしている二階建ての二軒長屋の引き戸に手を掛けた。

しかし、開かない。

鍵が掛かっているようだ。

もうこの時刻だから、どこかの座敷へ呼ばれて、出かけたのだろうか。

そう思っていると、隣の長屋から若い精悍な顔立ちの男が出てきた。男は其角に会釈をして、

「もしかして、阿国さんをお訪ねですか」

と、きいてきた。

「ああ、もう出かけちまったんだろう」

「数日前に引っ越しました」

「なに、引っ越した？　どこへ引っ越したんだ」

「それは言っていませんでしたけど」

「どうして引っ越したのか知っているか」

「さあ、何しろ急でしたので。でも、ここのところ、あの同心の旦那が見えていなかったところから、別れたんじゃないかと」

「そうか、別れたか」

其角は独り言のように呟いた。男は其角の顔をじっと見ながら、何か考えるよう

な目つきであったが、其角が目を合わすと、すぐに逸らした。

「この辺りで阿国と親しかった者はいねえのか」

其角は訊ねる。

「阿国さんは皆と仲良くしていましたが、特に親しかった人というのはいませんね」

其角はそれだけ聞くと、長屋路地を出た。

もやもやした気持ちを引きずりながら江戸座に帰りたくなかったので、吉原に向けて歩き出した。

その時、ちょうど近くに駕籠屋が見えた。

辺りはすっかり暗くなっていたが、吉原大門の先は明かりが煌めいていた。

其角は大門の前で駕籠を下りた。払いは紀伊國屋文左衛門に付けるように言ってある。

中に足を踏み入れると、顔見知りの揚屋の若い衆が寄ってきて、「たまには、うちの座敷を使ってください」と笑顔で言った。

「まあ、そのうちな」

「いつもそう仰って、来てくださらないじゃありませんか」

「すまねえな。こっちも付き合いがあるんだ」

「まあ、気が向いたときにでも、うちに来てください」

「ああ」

其角は頷く。

すると、若い衆は思い出したかのように、

「そういや、『鶴見屋』の桐里さんが身請けされるんですってね」

と、口にした。

「なに、桐里が？」

其角は思わず声が大きくなる。桐里は其角が通っている滝川太夫の妹分である。

『鶴見屋』では滝川に次ぐ人気を誇っている。

「相手は誰だ」

「山田宗徧先生です」

宗徧は茶人で、自らが興した宗徧流茶道の家元でもある。七十五歳なのに、なお茶道を広めるために力の限りを尽くしている。本所に居を構え、其角も何度か呼ばれて行ったことがある。それほど親しい間柄ではなかったが、共通の知り合いが多い。

「まさか宗徧とは……」

其角は思わず首を傾げた。

宗徧が吉原の女を身請けすることが妙なわけではないが、桐里には南郷伴三郎という間夫がいるのだ。桐里は身銭を切って、浪人の南郷を登楼させていたようだ。それなのに、身請けをするとはどういうことだろうか。

「身請けの日はいつだ」

「十日後になるそうです」

「そうか」

其角は低い声で頷いた。

「先生、大丈夫ですか」

若い衆が顔を覗き込む。

「なにがだ」

「眉間に皺が寄っていますけど」

「いや、ちょっと考えごとをしていたんだ」

「考えごと？」

「大したことじゃねえ」

「そうですか。では、またうちの座敷を使ってくださいね」

若い衆はそう言ってから、離れて行った。

其角はそのまま仲之町を奥へ進み、江戸町一丁目を過ぎ、揚屋町の『蓮屋』という揚屋に入った。

上がり框に小兵の力士のような体の番頭が階段の上を向いて、何やら指示を飛ばしていた。そして、すぐに振り返り、

「あ、其角先生ではございませんか」

と、愛想よく挨拶をした。

「空いているか？」

「一階の奥の小さいところであれば」

「今日はひとりだ。そこでいい」

「すみません」

番頭は頭を下げた。

其角が履物を脱ぐと、すぐに下足番が飛んで来た。

「こちらでございます」

番頭の後に続き、廊下を進む。二階からは賑やかな声が聞こえてきた。

「まだこんな時刻なのに、随分と盛大にやってんな」

「ええ、河岸の親方衆のお集まりで」

「なるほど。どうりで威勢が良いわけか」

話をしているうちに、座敷に着いた。

中に入り、腰を下ろすと、女中がやって来て酌をした。

「では、ごゆっくりと」

番頭と女中は座敷を去る。

滝川が来るまで、其角はひとり酒を呑みながら、阿国のことや、桐里の身請けのことなど物思いに耽った。

三

数日経った午後、本郷の前田家上屋敷での句会の帰りだった。酒をふるまわれて大分呑んだ。其角は寄り道をせずに真っすぐ江戸座に戻ると、二郎兵衛が硬い表情で待ち構えていた。

「なんだ、そんな顔をして向こうで酒を勧められたんだから仕方ねえだろう」

赤い顔をした其角は鬱陶しそうに聞いた。

「そうじゃありません。巣鴨の旦那がお見えです」

「巣鴨が？　何の用だ」

其角は嫌な顔をした。巣鴨三十郎は南町奉行所(みなみまちぶぎょうしょ)の定町廻り同心だ。

「先生に直接話すということで、答えてくれません。客間に通しています」

二郎兵衛は告げた。

其角はそのまま客間へ行くと、五十過ぎの冷たい目つきの男が背筋を伸ばして座っていた。同心の巣鴨三十郎だ。その横には、三十くらいの岡っ引き(おかっぴき)金蔵(きんぞう)がいる。

「随分待たせてくれたな」

巣鴨が厭味っぽく言った。

「誰も待ってくれと頼んだ覚えはねえ。いってえ、どんな用だ」

其角は腰を下ろしながらきいた。

「今朝の五つ（午前八時）頃に吉良さまがお屋敷を出てすぐの呉服橋(ごふくばし)近くで襲われた。賊は三人だ」

「えっ、吉良さまが？」

「そうだ」

巣鴨は太い声で答える。

「吉良さまはどうなったんだ」

「警護の侍が賊を追い払ったから何ともない」

巣鴨は答える。

「そうか。でも、何でそんなことでわしを？」

「先生なら何か知っていると思ってな」

「わしが知っているだと？」

「日比谷御門でのことだ」

巣鴨は膝を乗り出し、迫ってきた。

ふと、堀部安兵衛のことを思い出した。

「なんのことだ」

其角は惚けた。

「吉良さまが上杉さまのお屋敷を出てきた時に、尾けていた侍がいたそうだ。日比谷御門の辺りで上杉家の家臣が通り掛かり、挨拶をした。その時に吉良さまは簾を開け、顔を出した」

巣鴨は其角の顔を覗き込む。其角は口を結んだままであった。

「後日狙うために偵察していたのではないか」

「考え過ぎだろう」

「いや、こんな時だからわからぬ。その侍と先生が親しく話していたそうだな」

「知らねえものは知らねえ」

其角は言い放った。

「荻生徂徠さまがたまたま近くにいて、見ていたのだ」

巣鴨は詰め寄るように言った。荻生徂徠は、老中格柳沢保明に取り立てられている御用学者だ。

其角が何も答えないでいると、

「現場には短刀が落ちていた。それを調べたところ、赤穂の刀工、銀八が作ったものだとわかった。浅野家の家来だった者たちが主君の仇を討とうとしている噂がある」

巣鴨が厳しい声で言った。

「何で、赤穂の連中が吉良さまを狙うんだ。そもそも刃傷は遺恨ではなく、乱心だろう?」

「……」

「刃傷の現場にいた表坊主の石橋宗心が殺されたのも、そのことを隠すためじゃないのか」

其角は刃傷の後に起きた殺しについて言及した。宗心殺しの黒幕は柳沢保明だと決めつけているが、あえて言わなかった。

「それは先生の思い込みだ」

巣鴨は取り合おうとしない。

「ともかく、わしは吉良さまが襲われたことについては何も知らねえ。さあ、帰ってくれ」

其角は不快な顔でふたりを追い出した。

二郎兵衛がすぐに客間に入って来た。

「先生、あまり怒りに任せて変な真似は……」

二郎兵衛の言葉の途中で、

「どこが変な真似なんでえ」

「仮にも相手は同心ですよ。しかも、巣鴨さまは柳沢さまと近しい間柄です」

「だから何だって言うんだ」

「巣鴨の旦那には、ただでさえ逆恨みされています。これで、先生に何か落ち度があれば、捕まらないとは言い切れませんよ」

「わかってらあ。だが、そんなんで怯えて何も出来ねえようじゃ、わしの名が廃る」

「多賀朝湖先生の例だってあるんですよ」

二郎兵衛は其角の友人であり、絵の師匠でもある男のことを持ち出した。朝湖は釣りをしたことが生類憐みの令に反しているとの罪状で島流しにあっているが、実際には他の理由があると囁かれている。

朝湖は何かと世間を騒がせる人物であり、柳沢保明が出世する過程で実の娘を将軍の側室に差し出したことを風刺した絵を描いたり、将軍綱吉の母桂昌院の親戚に当たる大名六角越前守をそそのかしたり、吉原の花魁を身請けさせたり、それらのことが災いしているともいわれる。

「あいつみたいにはならねえよ」

其角は一蹴するが、

「いいえ、いくら先生といえどもわかりません」

二郎兵衛がきつい目をして言う。

「じゃあ、堀部さまのことを話せというのか」

「別に堀部さまが偶々(たまたま)通りかかっただけだと答えればよろしいではありませんか」

「それを巣鴨が信じると思うか？　赤穂の銀八が作った刀であったとしても、赤穂の者の仕業(しわざ)とは限らない。それなのに、巣鴨はもう赤穂の者の仕業だと決めつけている。そういや、お前も堀部さまが吉良さまを狙っていたのではないかと疑っていたな」

「たしかに、日比谷御門のところで会った堀部さまの様子は普通ではありませんでした。ただ、巣鴨の旦那が言っている吉良さまを襲ったことについては、堀部さまの仕業ではないと思っています」

二郎兵衛は言い切った。

「どうしてだ」

「いや、なんとなく」

二郎兵衛にしては、珍しくはっきりしない答えであった。

「ただ私としては、先生が面倒なことに巻き込まれる方が……」

「それはねえから心配するな」

「いえ、わかりません。ともかく、次に巣鴨さまが来た時には、正直に話してください」

二郎兵衛は力強く言った。

其角が何も答えないでいると、

「よろしいですね」

二郎兵衛は念押しする。

「うるせえな」

其角は舌打ち混じりに答え、立ち上がった。

「お出かけですか？」

「ああ」

「どちらへ」

「……」

其角は面倒くさくなり、答えなかった。二郎兵衛はそれ以上きいてこない。しかし、横目で見ると、どこか心配そうな顔をして其角を見つめていた。

それを振り払うように客間を出た。

芝神明町(しばしんめいちょう)の裏長屋の障子(しょうじ)に刀を砥(と)ぐ大きな男の姿が映る。

其角は腰高(こしだか)障子を開けた。家具などもほとんどなく、質素な室内であった。

「先生」

不破数右衛門が振り向きざまに驚いたように言った。不破は赤穂を追われる身となったが、それでも主君であった浅野内匠頭を慕っていた。

一ヶ月ほど前、赤穂から帰って来た不破数右衛門が江戸座を訪ねてきて、赤穂でのことを報告してくれた。あまり詳細に語らなかったので、言えないことが多々あるのだろうと感じていた。

いずれ赤穂藩に再び仕えたいと思っていたそうだが、その赤穂藩がなくなってしまった。新たな仕官先を探すよりも、今まで通り浪人の暮らしを続けると話していた。

「上がってください」

不破に促されて、履物を脱いで部屋に上がると、

「吉良さまが呉服橋で襲われたそうです」

其角は切り出した。

「えっ、いつですか」

不破は体を乗り出す。

「今日のことだそうです。襲ったのは三人で、供回りの侍に追い払われたようです。さっき、同心の巣鴨がわしのところにも来ました」

「どうして、同心が先生のところに？」

「わしが襲った者を知っていると睨んでいるんです。というのも、数日前、上杉家の上屋敷から吉良さまの乗り物を堀部安兵衛さまが尾けていました。わしがたまたま居合わせたのですが、その様子を荻生徂徠に見られていまして。幸い、巣鴨はまだその侍が堀部さまだと特定していない様子でしたが、現場に赤穂の刀工、銀八が作った短刀が落ちていたそうです」

不破は腕を組み、険しい顔をしながらも、

「これは赤穂の者の仕業ではないでしょう」

と、言い切った。

「どうして、そう思いますか」

其角は単刀直入にきいた。

「家老の大石内蔵助さまは殿の弟君の大学さまを立てて、浅野家再興を考えております。もし、赤穂の者がそんなことをしたとなれば、大石さまらが考えている浅野家再興も潰えましょう」

「しかし、堀部さまはあそこで何をしていたのでしょうか」

「わかりません」

「堀部さまがどちらにお住まいかわかりませんか」

「先日会った時には転々としていると言っていました」

「そうですか……」

「ただ、芝松本町（しばまつもとちょう）の前川忠太夫（まえかわちゅうだゆう）殿にきけばわかるかもしれません」

「前川忠太夫？」

其角はきき返した。

「はい。赤穂藩の出入りの日傭頭（ひようがしら）です。亡き殿とも親しくしており、今回の件でも色々と尽力をしてくれています」

其角はそれを聞いて、長屋を出て歩き出した。もう陽が暮れようとしている。初夏の清々（すがすが）しい夕空とは裏腹に、其角の心の中はどこか落ち着かなかった。

屋根瓦に赤い夕陽が光っていた。

前川の屋敷は金杉橋（かなすぎばし）の近くにあり、黒塀で囲われている広い敷地であった。門をくぐると、遊び人風の若い男たちが其角と不破に頭を下げる。

そのうちのひとりに案内されて、其角は裏庭の見渡せる客間に通された。

そこで四半刻(しはんとき)（約三十分）程待ち、空がすっかり暗くなった頃に前川忠太夫がやって来た。

忠太夫は顔に皺の多い、痩せて背の低い中年であった。見た目に拘(かか)わらず、人間としては随分と大きく感じられる男であった。柔らかな物腰でありながらも、ふとした時に見せる引き締まった表情に威厳がある。

忠太夫は其角の前に腰を下ろすなり、煙草盆(たばこぼん)を手繰(たぐ)り寄せ、煙管(キセル)を口に咥(くわ)えた。

刻(きざ)み莨(たばこ)を詰めて一服してから、

「先生は吸わないのですか？」

と、きいてきた。

「わしは……」

其角は首を横に振る。

忠太夫は其角に気を遣ってなのか、横を向いて煙を吐いた。

「さっそくだが、堀部さまはどこに住んでいるか知っているか」

其角は切り出した。

「両国矢倉米沢町(りょうごくやぐらよねざわちょう)の後藤庄三郎(ごとうしょうざぶろう)という者の持っている借家にいらっしゃいます。

浅野家には世話になったからと店賃（たなちん）は取らないと仰っていました」

「色々と力添えをする者たちがいるのだな」

「ええ、そりゃあ、浅野家は義理堅く、恩義を感じている者が大勢おりますから。私もそのひとりでございます」

忠太夫は当然のように答える。

「ところで、吉良さまが襲われたというのを知っているか」

「いえ、本当ですか」

忠太夫は片眉を上げて言う。

「同心の巣鴨がやって来たから本当だろう。巣鴨は赤穂の者の仕業だと思っている」

「そんなはずはありません」

「どうしてそう思うんだ」

「大石さまは大学さまを立てて浅野家再興を考えております」

「中には、吉良殿を仇と思って狙うものもいるのではないか」

「そんなことないと思いますが……」

忠太夫は不安そうな面持ちで答えた。

其角は辞去して、両国へ向かって歩き出した。

四

両国矢倉米沢町の自身番で後藤庄三郎店を聞いて、そこへ向かった。

三軒長屋が両側に並ぶ裏長屋であった。そのとば口の家から堀部安兵衛が出てきた。

堀部は驚いた顔をして、口をわずかに開けている。

「先日はどうも」

其角が頭を下げた。

「どうして、ここへ？」

「堀部さまに伺いたいことがありまして」

「……」

堀部が首を僅かに傾げる。

「吉良さまが今朝襲われました」

「なに、いったい誰が？」

「わかりません。ただ、赤穂の刀工、銀八が作った短刀が落ちていたそうです。同心の巣鴨が赤穂に疑いを持っています」

「銀八の短刀だと言っても、赤穂の者とは限らないではないですか」

堀部は妙にむきになって言った。

「わしもそう考えていますが、銀八の短刀は赤穂以外ではあまり出回っていないようで」

「仮に赤穂の者だとしても、わざわざ襲った場で短刀を落とすようなしくじりをするとは思えぬ」

堀部がきつい目で考え込む。

「そうかもしれませんね」

其角はそう言ってから、

「ところで、堀部さまはどうして吉良さまの乗り物を見ていたのですか」

と、訊ねた。

「たまたま見つけたので、どんな顔つきでいるのか確かめようとしただけです」

「たまたま?」

「ええ」

堀部は小さく頷く。

どことなく、隠し事をしているような表情にも見えた。其角としては、堀部が吉良を襲ったと疑う気持ちが強いわけではない。しかし、何か訳があって、あそこにいたに違いない。

「わしは吉良さまと親しい訳ではありません。堀部さまが何をなされていたのか、ちょっと気になっているのです。というのも、あの時、わしらがあそこで話しているのを荻生徂徠が見ていたそうです。もちろん、あの堀部さまだということは知られていないようですが、あの侍は誰なのかと同心の巣鴨にしつこくきかれています」

「そんなことが……。申し訳ございませぬ」

堀部は顔をしかめて、頭を下げる。

「いえ、わしに妙な目を向けられるのは構いませんが、このまま探索が続けば、きっとあの時の侍が堀部さまだとわかることでしょう。その時に、堀部さまがあらぬ疑いで捕まらなければよいのですが」

「お気遣い、かたじけない。しかし、拙者は吉良さまを道中で襲おうなど考えてもいないこと。もしも、拙者に疑いが掛かったときには、知らぬと言い切るまでです」

「巣鴨のことです。無理やりにでも、罪に陥(おとしい)れようとするかもしれません」

其角は真剣な顔で言った。

「巣鴨……」

その後に続く言葉は小さくて何と言っているのか聞き取れなかった。

其角がじっと堀部を見つめていると、

「襲われたのは今朝の何時ですか」

「五つ時だそうです」

「それなら、拙者は小石川牛天神下(こいしかわうしてんじんした)の剣術道場に向かう途中でした。道場に着いたのが、四つ（午前十時）のことだったので、拙者が吉良さまを襲っていないということがわかるでしょう」

堀部は自身に言い聞かせるように言った。

「また巣鴨がやって来たとしても、わしは堀部さまのことは言いませんが、警戒しておいてください」

其角はそう告げると、一礼して立ち上がり、土間に降りた。

「何かあったら、すぐに知らせてください」

履物に足を通し、腰高障子に手をかけながら言った。

堀部の家を出て、長屋木戸をくぐると、ふたり連れのがっちりとした体つきの浪人とすれ違った。

横目でそのふたりの姿を追うと、さっき其角が出てきた長屋木戸の路地を曲がって行った。

そのふたりが妙に気になりながらも、其角は江戸座へ帰って行った。

五

翌日、昼も過ぎると、ぐんと暑くなった。

八丁堀（はっちょうぼり）の材木問屋、『紀伊國屋』の間口の広い土間に、其角は暖簾をくぐって足を踏み入れる。店の奉公人たちが慌ただしく働いていた。土間の端の方で指を立てながら、商談をしている頭の切れそうな商人も見える。

帳場で真面目な顔で算盤（そろばん）を弾いていた番頭が、急に笑顔になって立ち上がり、

「先生、どうも。旦那さまでしょうか」

と、寄って来た。

「そうだ」

其角は頷く。

「いまちょっと取り込み中でして、よろしければ奥でお待ちください。そう長くはかからないと思います」

其角は番頭に勧められ、履物を脱いで奥に進んだ。店の間を抜けて、廊下を進む。商いで使う客間が六つほどあるが、全て埋まっているようである。

桜の青葉が繁る中庭を見渡せる廊下を何度か曲がって、八畳ほどの風通しのよい部屋に通された。

其角が腰を下ろすと、すぐに十七、八の女中が茶を運んで来た。

「粗茶でございます」

女中はまだ慣れていないのか震える手で、其角の膝元に湯呑みを置いた。目のぱっちりとした鼻の高い丸顔であった。

「見たことねえ顔だな」

其角は女中の顔をじっくり見て言った。

「ひと月ほど前からこちらで働いております」

番頭が言うと、女中が頭を下げる。

「名前は？」

「さんと申します」

「文左衛門が好きそうな顔だ。口説かれたのか」

其角が湯呑みに手を伸ばしながらきく。

「いえ、そんな……」

おさんは恥ずかしそうに俯く。

「ちょっと、からかっただけだ。ほらよ」

其角は懐から一分銀を取り出して渡した。

おさんは戸惑っていたが、

「お礼を言って、すぐに立ち去るんですよ」

と、番頭に促された。

「ありがとうございます」

おさんはぎこちなく言ってから、部屋を出て行った。

「文左衛門も隅に置けねえな。今まで、あんな可愛らしい娘を女中にしたことはなかったのに」

其角は番頭を見る。

「おさんは少し訳あって預かっているんです」

番頭は廊下を気にしながら、静かな声で答える。

「どんな訳だ」

其角はきいた。

「おさんは元々吉良上野介さまのお屋敷の女中でした。しかし、ある夜、何者かと密会していたのです。三月十四日の刃傷以来、吉良さまのお屋敷では規則が厳しくなり、少しでもそれに外れるようなことをすれば辞めさせられることになっているそうです。それは吉良さまではなく、ご家老の小林平八郎(こばやしへいはちろう)さまがお決めになったことらしく、吉良さまはおさんを気に入っていたので残してやりたいと思っていたそうです。しかし、それでは他の者に示しがつかないとのことで、うちの旦那さまが吉良さまに頼まれて、おさんを預かっているというわけでございます」

番頭は淡々と答える。まだ続けようとしていたが、文左衛門がやって来た。

「これは、これは」

また少し頬の肉付きがよくなった文左衛門は、手ぬぐいで額の汗を拭いながら、其角の前に腰を下ろした。

「吉良さまが襲われたそうだな」

其角は切り出した。

「そうみたいですね。さっき、吉良さまの屋敷をお訪ねしたら、米沢藩の御家中がそのことで調べに来ていました」

文左衛門が苦笑いする。

米沢藩の当主上杉綱憲は、吉良上野介の長男である。吉良の正室が先代当主の綱勝の妹で、綱勝が急死した際に、吉良家から綱憲が養子に出された。綱憲の父親が吉良なのだから、襲った者を探ろうとするのは当たり前だ。

「上杉はどうして吉良さまのところに？」

其角はきいた。

「吉良家が何か不祥事でも起こせば、上杉家にも飛び火するかもしれませんので、どんな些細なことでも知っておこうということでしょう。まあ、上杉家の中でも吉良さまに対する評価は様々ですから」

文左衛門は含みのある言い方をした。それから、改まって其角を見て、「先生はどうして吉良さまのことを？」ときいてきた。

「同心の巣鴨が訪ねてきたんだ」

「まさか、先生に疑いを？」

「いや、そうじゃねえ。ただ、襲った者を知っているんじゃねえかと思っているんだ。というのも……」

其角は堀部とのいきさつをかいつまんで話した。

「なるほど。でも、先生、堀部さまのことを不憫に思う気持ちはわかりますが、同心に変に隠し事はしない方がいいですよ」

「お前もか」

「二郎兵衛にも言われたでしょう？」

「ああ、皆そう言いやがる」

「当たり前ですよ。先生のことを思って……」

「それが迷惑なんだ。堀部さまが吉良さまを襲ったとは思えない。だが、巣鴨は一度疑ったら無理やりにでも仕立てようとする。だから、言わなかったんだ」

「ですが……」

「わしのやり方でやるから心配するな」

其角はぴしゃりと言い、

「近々、吉良さまの屋敷へ行くことがあるか」

と、きいた。

「ええ、さっき伺ったときに、上杉家の者が話し込んでいたので、結局何も話せなかったんです。ですので、また明日にでもお訪ねしようと思っています」

「なら、吉良さまが襲われた時の様子を聞いておいてもらいたい。巣鴨からの話だけだと、本当のところがわからない」

「承知いたしました。答えてくれるかわかりませんが」

文左衛門は少し曇った表情で答える。

「お前だったら、吉良さまも話してくれる」

其角は文左衛門に託した。


翌日の夕方、其角は深川の『島原（しまばら）』という料理茶屋に来ていた。二階の座敷の障子を開けると、文左衛門の屋敷が見渡せる。大名屋敷にも劣らない程広い敷地であった。そこは文左衛門が別邸として、様々な趣向を凝らして、粋人が集まる場所にしたいと建てた。離れたところからでも、文左衛門の屋敷の門や塀、覗いて見える庭園は見ていて飽きなかった。常に何かしら新しい趣向を凝らして、建て直している。

『島原』は元々『紀伊國屋』にいた番頭が五年前に建てた店だ。文左衛門の下で働いていただけあって、幅広い人脈があり、繁盛しているようであった。

四方を白壁で囲い、夕陽を浴びて光る瓦屋根の立派な門をくぐると、店へと続く五間ほどの石畳を渡った。左手には小さな池が見え、囲いの外にまで飛び出している枝ぶりのよい松の木、右手には細い松の木が植えてあった。池に面した座敷には明かりが点っていた。其角はいつもこの座敷に通される。

店に入ると、主人が自ら出迎えて、「お待ちしておりました」と池に面したいつもの座敷に案内された。三十畳ほどの広間で、床の間には其角の描いた親子の蛙(かえる)の墨絵の掛け軸が飾ってある。

其角と文左衛門は畳四枚分の間を挟んで、向かい合って座った。

軽い世間話をしていると、女中が酒を運んできた。主人は其角に、女中は文左衛門に酌をする。

突然、廊下からドタバタと足音が聞こえてきて、座敷の前で止まった。

「先生、大変です」

声と共に、襖が開く。

市川團十郎の弟子の若い役者が肩で息をしていた。

「急に幕府から芝居の上演を禁止されました」

「なんだと？」

其角は猪口を置き、身を乗り出した。

「明日が千秋楽だというのに……」

文左衛門は納得いかないように首を傾げた。

「ずっと芝居を許していたのに、千秋楽になって中止というのはおかしいんじゃねえか」

其角が言うと、

「江戸中の評判になったからでしょうかね」

文左衛門が首を傾げて答える。

「でも、初日だって満員の客だったじゃねえか。話題はすぐに広まって、幕府の耳にも届いていたはずだ。それが今さら……」

「先生はどうお考えなんです」

「わからねえが、形だけ中止にさせたいんじゃねえか」

「形だけ？」

「そうだ。話の中身は幕府にとってもさほど問題じゃなかった」

「まあ、幕府のことは悪く描いていませんがね」

「ともかく、それだけすぐに知らせるように團十郎さんから言い付けられました。また何かわかったら知らせに参ります」

役者はそれだけ言うと帰ろうとする。

「待て、せっかく来たんだ。一杯呑んでいけ」

其角は酒を勧める。

「ありがとうございます」

女中が余っている猪口を役者に渡す。其角はそこになみなみと注ぐと、役者は一気に呑み干して、「それでは」と慌てて帰っていった。

其角と文左衛門は何が理由で上演が禁止されたのか話していると、しばらくして音曲師や踊り子たちがやって来た。一行の後方にいた三味線の箱を提げた三十半ばくらいの鼻筋が通って、切れ長の目の女が目に留まった。

「あっ」

其角は思わず声を上げた。

「どうしたんです?」

文左衛門が不思議そうにきく。

「いや、何でもねえ……」

其角は適当に誤魔化した。

「この人となんかあるんですかい」

頬に赤みが差した文左衛門は、にやけながらきく。

「ちょっとした知り合いだ」

其角はそう答えておいた。

女に目を遣ると、箱から三味線を取り出している。棹（さお）を組み合わせ、撥（ばち）を取り出して構えた。軽くそれぞれの弦を弾きながら調子を合わせている。芸者たちがしばらく男たちの相手をしてから、踊り子のひとりが座敷の前方に移動した。

「えー、それでは大変恐縮ですが、手前どもの踊りを」

三味線方が好い音色を奏で、踊り子が色っぽく踊る。まだ芸は荒削りだが文句はなかった。二人とも楽しそうに踊り子に目を向ける。其角は踊りを観ながらも、三味線方の女につい目が行った。

女は真剣な眼差しで、微動だにせず、淡々と弾いていた。その姿に思わず、「好い女だ」と心の中で呟いた。

踊りが終わると、踊り子たちがそれぞれの持ち場に戻る。二人は拍手こそしないものの、満足気だった。

其角は女を見ていたが、相手はわざとなのか、一向に目を合わせなかった。

しばらくすると、話題は再び芝居が中止になったことに戻った。

「芝居を中止にさせたのは、まさか赤穂ってことはないですかね」

文左衛門は呑みながら言った。

「そんな力はねえだろう」

「でも、赤穂に味方する有力な商人なんかがいて、そいつが手を回しているとか」

「そんな商人いるのか」

「わかりませんが、奈良茂だったら」

文左衛門は急に険しい目つきになる。奈良茂とは奈良屋茂左衛門のことで、材木商として明暦の大火や日光東照宮の改築、将軍綱吉の寺社造営などを手がけ、これらを契機に御用商人となっていた。文左衛門と並ぶ程の贅を尽くした遊びをして、天下に名を轟かせている。文左衛門と同じように材木商であり、御用商人なので、ふたりは競い合っている。

「柳沢さまの方が考えられる」

「そうですかね」

文左衛門は軽く笑うように言った。

「あの芝居は出来としてはよかった。ただ、気になったのは遺恨ということをことさら主張しているような気がした」

「考え過ぎじゃないですか」

「いや、そうに違いねえ」

其角は決めつけてから、手を叩いて店の若い衆を呼ぶ。すぐに小肥りの三十代半ばくらいの男が駆け付けた。

「お呼びで？」

「團十郎のところへ行って、伊勢貞九郎をここに連れてくるように伝えてくれ」

「伊勢貞九郎さまですね」

若い衆はすぐに座敷を出て行った。

それから、女たちが場を盛り上げた。文左衛門は赤い顔をして、陽気に呑んでいる。其角も話を振られたら合わせるが、頭の片隅では常に刃傷の芝居のことを考えていた。

貞九郎はどうしてあの芝居を作ることになったのか。自ら考えたのか、それとも誰か裏にいて、貞九郎に書かせたのか。初めて貞九郎に会って話した時に、どことなくこの芝居に関して何か引っかかることがあるような顔をしたように思えた。

やがて、三味線弾きの女が立ち上がり、座敷を出た。

其角も廊下に出る。

女の後ろ姿は見えなかったが、しばらくその場で待っていると女が戻ってきた。

其角と目が合ったが、表情を変えない。

「阿国」

其角は小さい声をかける。

「ご無沙汰しております」

阿国は抑揚のない口調で答える。

「元気だったか」

「……」

「どうした、つれない顔をして」

「先生のせいですよ」

「わしのせいだと？」

「わかってるくせに」

阿国は顔を背けて言う。

「お前さんのような物分かりのいい女が言う台詞（せりふ）じゃねえな」

「私は怒っているんですからね」

「あの時は、あの時だ」

「偉そうに……」

阿国は俯き加減に言う。

其角は思わず笑った。

「何が可笑しいんです？」

阿国がきく。

「お前さんのその太々しい態度に惚れ直したんだ」

「貶しているのですか」

「いや、褒めてる」

其角は満面の笑みで言う。阿国は言い返そうとしたのか口を開いたが、何も言い出さなかった。

「いまはどこに住んでいるんだ」

二階建ての広い家であった。裏庭に面した部屋で、弟子たちに稽古をつけている姿が思い起こされる。

「そんなこと聞いてどうするんですか」

「気になっていたんだ。突然いなくなって」

「嘘です。先生の方から来なくなったんじゃありませんか」

「そんなことはねえ。お前みてえな好い女を放っておくはずはねえ」

「また口ばかり」

「お前が避けたんだ」

阿国が目を背ける。其角は阿国の肩に手をかけた。

阿国が其角を上目遣いで見た。

「もし困っているなら、わしが力になってやる」

其角は真面目な顔で言った。

「そんな義理はございません」

阿国は冷たく言い返す。

その時、座敷の襖が開き、文左衛門が出てきた。

「おや、先生、またですか」

文左衛門がにやついた。

「やめろい。お前さんが思っているような間柄ではねえ」

其角が言い返す。

「隠すことはないじゃありませんか」

「本当だ」

「まさか、先生に限って」

文左衛門は冗談めかす。阿国はふたりの間を割るように、座敷に戻って行った。

文左衛門は阿国の後ろ姿を見送りながら、

「いくら好い女でも、私がちょっかいを出すことはありませんよ」

と茶化したように言う。

「違う。あいつは元々、同心の巣鴨の女だ」

其角は低い声で言った。

「えっ、巣鴨の旦那の？」

文左衛門は急に真面目な顔になる。

「巣鴨とは色々あっただろう。それで、あの女とも何度か顔を合わせたことがあったんだ」

其角は淡々と語った。文左衛門には巣鴨との間柄を詳しく話していたわけではなかったが、巣鴨が幕府の言いなりになって、刃傷に関わることで、暗躍していることもざっと伝えてあった。

「だから、先生は……」

文左衛門が察したようで、軽く頭を下げて詫びた。

「今は巣鴨の家を出て、どこかにいるらしいが、教えてくれなかった」

「巣鴨の旦那もしけてますね。別れた女に住まいのひとつくらいやってもいいものを」

文左衛門は苦笑いしてから、厠（かわや）に向かって歩いて行った。

其角は座敷に戻った。

それから、しばらくして團十郎の家に住み込みをしているまだ十四、五の役者がやって来た。

「伊勢貞九郎先生がお泊まりしている大伝馬町（おおでんまちょう）の宿屋に行ったのですが、出かけているそうで……」

「そうか」

「一応、先生が呼んでいるとの言伝（ことづて）をしてきました」

内弟子はそれだけ伝えると、すぐに去って行った。

千秋楽を迎えられなくて、やけになって、女のところにでも遊びに行ったのか。

脳裏に残るどこか寂し気な猫背の姿からは、そのようなことをして気を紛らわすようにも思えない。

「まあ、明日になればうちにでも来るだろう」

其角は気軽に考えていた。


翌日のことだった。

朝までどんちゃん騒ぎをしていたせいで、其角が江戸座に戻ったのは明け六つ(午前六時)過ぎであった。

戸締りはしてあったが、弟子の二郎兵衛は其角の帰りを起きて待っていた。

其角が台所へ行くと、

「おはようございます。昨日の夕方に魚屋さんが美味しそうな鰺を持ってきましたので、干物にしておきました」

二郎兵衛は眠そうな素振りも見せないで言う。

「ちょっと、呑み過ぎちまったから、いつもの作ってくれ」

其角は頼んだ。いつものとは、卯の花を入れた『きらず汁』という味噌汁である。その辺の居酒屋などでもよくあるものだが、二郎兵衛が作るきらず汁は甘さもありながら、塩気もある。二郎兵衛が言うには、二日酔いの時には胃が荒れているから塩気がある方が胃にやさしく、排尿と共に糖分も体から出て行ってしまい、だるさの原因となるので、砂糖も少し加えているという。二郎兵衛はこのようなことをどこで調べてくるのかわからないが、日頃から勉強しているようだ。其角は二郎兵衛に任せておけば、大体のことは問題ないと信頼しきっていた。

其角は居間に行き、障子を開ける。

庭に咲いた桐の花が風にそよいでいる。軒には大きな蜘蛛(くも)の囲(い)が出来ている。俳句を捻るのにはちょうどよい風景であった。

すぐに、二郎兵衛が干物ときらず汁を運んで来た。

其角はさっそく箸(はし)を取って、きらず汁を飲んだ。温かく、やさしい味が胃に染み渡った。続いて、干物に手を付ける。今日の魚は少し癖があった。

其角は阿国と会ったことを二郎兵衛に伝えた。

「気まずかったんじゃないですか」

二郎兵衛はすかさずに言う。

「別に。不貞腐(ふてくさ)れてやがった」

「怒っているんじゃないですか」

「いや、そんなはずねえ」

「でも、阿国さんはあまり本性を出しそうにありませんから」

「なんだ、阿国のことを知っているような口ぶりじゃねえか」

「いえ、先生の話を聞いていたら、そんな気がしたまでです」

二郎兵衛はぶっきら棒に答える。

其角はいつもの二郎兵衛の様子ながら、思わず笑った。

「そういえば、山村座の芝居が中止になったそうですね。町でもうわさになってました よ。何で急にそんなことになったんでしょう」

二郎兵衛が話を逸らすようにきく。

「わからねえ。昨夜伊勢貞九郎を座敷に呼びにやったんだが、結局来なかった」

「どこかお出かけだったんですかね」

「あいつは遊びに出歩くような男じゃねえと思うが」

「わかりませんよ。いくら真面目な人でも、女に嵌(はま)ることもありますから」

「じゃあ、お前も?」

「私はそんな浮ついていませんから」

二郎兵衛は遮(さえぎ)るように言った。

其角は再び小さく笑った。

「だけど、ちょっと心配じゃありませんか？　伊勢先生が帰ってきていないというのは……」

「心配っていうと？」

「せっかく作った芝居が中止になって、やけになって川にでも飛び込んでいないといいですけど」

「まさか、そんなこと」

「でも、伊勢先生にとっては、この作品で再起を図ろうとしていたのですよね？　だったら、なおさらこの作品に対する思いは強いと思います」

「そんなに心配するなら、様子を見に行ってこい。宿に帰っているだろう」

二郎兵衛があぁだこうだ言うのが面倒なので、そう命じた。

「わかりました。宿は大伝馬町でしたね」

二郎兵衛は立ち上がると、部屋を出て行った。

それから、半刻（約一時間）ほどしてから険しい顔で戻って来た。

「宿屋に行ったんですが、昨夜伊勢先生は帰っていないのです」

「おかしいな」

其角は不安を覚えた。

「それより、江戸橋付近に町役人が集まっていました。日本橋川から死体を引き上げているところでした。男です」

「なに」

「まさかとは思いますが」

「気になる」

其角は立ち上がって、部屋を出た。

胸の鼓動が速まった。

江戸橋に駆け付けると、大勢の人だかりだった。すでに死体は川から引き上げられていた。人を掻き分けて前に出た。

其角は死体の顔を見て唖然とした。

第二章　見ていた男

一

正面から土埃(つちぼこり)を吹き上げた風が当たる。風の音がやけに不穏だった。

死体は肌が黒ずんで、ふやけていた。目を閉じているが、開けていた時と変わらない雰囲気だ。

頭部に傷が見えた。殴られた痕のようだ。

「伊勢貞九郎」

其角は呟いた。付いてきた二郎兵衛も啞然としていた。

「知っているんですか」

年輩の町役人が神妙な声できく。

「……」

其角は貞九郎の死体をじっと見てから手を合わせ、心の中で「南無阿弥陀仏（なむあみだぶつ）」と唱えた。

「何者です？」

町役人はもう一度きいてきた。

「芝居の作者だ」

其角は死体を見ながら答えた。

「作者？　名の知れたお方ですか」

「山村座の芝居を書いた」

「千秋楽前に潰された。あの芝居ですか」

「そうだ」

「この人が……」

町役人は目を凝らした。背の低い町役人が、「ってことは……」と言葉を詰まらせた。其角には、その者が何を言いたいのかすぐにわかった。

「まさか、自殺だと思ったわけじゃないだろうな。違うな。頭に傷がある。何者かに殴られたのだ」

其角は憤然と言う。

「誰に殴られたっていうんですかえ」

「よけいな詮索すると、また金蔵親分に叱られる」

年嵩の町役人が注意した。

「でも……」

其角は間に割って、

「見つかった時の様子を教えてくれ」

と、訊ねた。

ふたりが顔を見合わせてから、年上の方が説明した。それによると、半刻（約一時間）ほど前、伊勢町の『穀屋』へ売り物の穀物を届ける舟の船頭が、櫂の先に何かが当たった、思い切り押してみると、櫂の先に着物が絡み、死体が上がってきたと言ったという。

「ですから、頭の傷は櫂に当たって出来たってことも考えられます」

「いや、櫂が当たったんじゃねえ。殴られたんだ」

其角は言い切る。

「岡っ引きの親分に調べてもらわないとわかりません。ただ、この人に似た男が、昨夜、思い詰めたような顔で橋から川を眺めていたそうで」

町役人ははっと思い出したように、

「それより、身内の者に知らせないと」

と、口にした。

「大坂から来たんだ。身内は江戸にはいねえ。仕事仲間なら役者の團十郎や山村座の座元がいる。知らせるとしたらそこらだな」

そんな話をしている間に、岡っ引きの金蔵が手下と共にやって来た。

金蔵は其角を見ると、

「先生はお近くにお住まいでしたね」

と、低い声で言った。

「先生がこの男を知っているそうで、伊勢……」

町役人は其角を見た。

「伊勢貞九郎だ」

其角は教える。

「そう、伊勢貞九郎と言って、あの刃傷沙汰の芝居の作者だそうです」

町役人が告げる。

すると、金蔵の顔が急に強張った。

「何だ？」

其角が声を尖らせてきいた。

「いえ、何でも」

金蔵は腰を屈め、貞九郎をじっと見た。それから、頭や顔に手を当てる。頭部が終わると、上半身、下半身を確かめた。

「殺しではなさそうだな」

金蔵は呟いた。

其角は耳を疑った。金蔵は立ち上がると、其角には目もくれないで町役人に顔を向ける。

「誤って落ちたか、自分で飛び込んだか」

「自殺ってことも」

背の低い町役人がきいた。

「かもしれねえ。巣鴨の旦那の判断を仰いでみなけりゃわからねえが」

「待て」

其角が話を割った。

金蔵は不快そうに顔を向ける。

「殺しということは全く考えられねえのか」

「この死体の様子では」

金蔵は落ち着いた声で答えてから、

「それよりも先生。吉良さまが襲われたことですが」

と、話を変えた。

「今、その話は関係ねえだろう」

其角は舌打ち混じりに答える。

「せっかくなので、ここで話させて頂きます。先生が日比谷御門で話していた侍の正体を隠すから、あっしもこうやって聞いているんです」

「そのことは前も話した通りだ」

「その侍を庇(かば)っても何の得もありませんよ」

金蔵が脅かすように厳しい言葉をかける。

「知らねえものは知らねえ」

其角は金蔵を睨みつけて、言い返した。

「あんたも一緒にいたそうですね」

金蔵は二郎兵衛に目を向けた。

横目で見ると、二郎兵衛は微動だにせず金蔵を見つめている。

「その侍のことは知りませんか」

「何度も言っていますが、知りませんよ」

二郎兵衛が呆(あき)れた顔で言う。

「赤穂の者たちが仇を討とうと思うのは当然です。吉良さまが襲われた場には赤穂の刀工の短刀が落ちていました。先生は赤穂の者たちと親交があります」

金蔵は淡々とした口調で、其角に顔を向け直した。

「馬鹿馬鹿しい」

其角は一蹴してから、

「吉良さまのことは、わしの知ったこっちゃねえ。そんなことより伊勢貞九郎の件をちゃんと調べろ」

其角は言い放った。

金蔵はうんざりしたように顔を背ける。

「おい、聞いているのか」

其角は苛立(いらだ)った。

「もしも、巣鴨がまた事件をもみ消すようなことがあったら、今度は絶対に許さないからな」

其角は金蔵に向かって声高に言う。

「先生こそ、吉良さまを襲うことに手を貸していたとわかったら、許しませんからね」

金蔵は話を打ち切った。

「なんだと」

「先生、いけません」

二郎兵衛が其角の腕を引っ張って金蔵から遠ざけた。

「先生、岡っ引きとやり合っちゃいけません。あとが面倒になります」

二郎兵衛がなだめる。

「どうも、奴の態度が気に入らん。何かあるに違いねえ」

其角はむきになって言う。

「何かって?」

「わざと殺しから目を逸らそうとしているようだ」

「でも、まだ殺しだとははっきりしていませんぜ」

「だが、金蔵は殺しではないと決めつけている」

「殺しだとしたら巣鴨の旦那が関わっているとでも思っているのですか」

二郎兵衛がきいた。

「あの芝居が気になるんだ。刃傷沙汰から間がないのに、なんであんな芝居が許されたのか。それなのに、千秋楽を待たずに中止に追い込まれた。挙げ句伊勢貞九郎の死だ。何かあると勘繰りたくなるじゃねえか」

昨夜、貞九郎を呼び出したが、来なかった。来ることが出来なかったのだ。伊勢貞九郎を其角に会わせたくなかった輩がいるのではないか。

ふと、辺りを見ると、覚えのある目鼻立ちの整った若い女がいた。

「あの女は」

其角は近づき、

「文左衛門のところの女中さんじゃねえか。たしか、おさんだったな」

と、声をかけた。

「あ、はい」

おさんは上ずった声で答える。

「こんなところで何をしているのだ？」

「人が集まっていたので何だろうかと」

「だから、なんでこんなところにきたんだ？」

「ちょっと」

其角はあっと思った。おさんは男がいるらしい。逢引きしていたのかもしれない。

「まあいい。土左衛門が見つかったんだ」

「土左衛門ですか」

「ああ、わしの知っている奴だ」

其角が言うと、おさんは表情を曇らせた。

「文左衛門も知っている伊勢貞九郎って奴だ。文左衛門も貞九郎のことは気になっているると思う。おまえさんから知らせてくれ」

其角は頼んだ。

「気になっていると仰いますと？」

「ふたりで呑んでいたときに、伊勢貞九郎を呼んだが、奴は来なかった。まあ、詳しいことはわしが後ほど訪ねて伝える。こんなところで油を売っていると、叱られるぞ」

其角はおさんの背中を軽く押した。

おさんは一度振り返ってから、急ぎ足で歩き出した。

おさんの姿が見えなくなると、巣鴨三十郎がやって来た。巣鴨は其角を横目で見たが、すぐに目を逸らす。

巣鴨を待ちわびていたかのように金蔵が野次馬たちに注意して、巣鴨が通る道を作らせた。

「先生、まだここに残っていますか」

二郎兵衛がきく。

「巣鴨がどう言うか気になるからな」

四半刻（約三十分）くらいすると、巣鴨が金蔵たちと一緒に去って行った。その頃にはもう野次馬の数もだいぶ減っていた。

町役人たちは戸板に死体を移し、筵をかけた。

「待て」

其角は町役人に声をかけた。

「巣鴨は何って言っていた？」

「溺死です。おそらく、誤って足を滑らしたか、自殺のいずれかだと」

「やはりな」

其角は吐き捨てた。

「殺しだとは言っていなかったか」

「殺しではないと仰っていました」

「そうか。これではっきりした。殺しだ」

其角は冷笑を浮かべた。やはり、今回の芝居のことに絡んでいるようだ。

其角の脳裏にあることが浮かんだ。

二郎兵衛に目を向ける。

「なんです？」

二郎兵衛が訊ねる。

「いや、後で話す」

其角は町役人の手前、自重した。

顔を再び町役人に向け、

「亡骸（なきがら）はどうするのだ？」

と、きいた。

「検死も終わったので、近くのお寺に運ぶところです。江戸の方ではないようなので、引き取り手が現われるまで寺に置いてもらうと」

其角の眉間が自然と険しくなった。

以前、刃傷の現場に居合わせた表坊主の石橋宗心の死体の始末も巣鴨がした。今回も同じような気がした。

「巣鴨はこのほとけのことで何か言っていたか」

「いえ、ただ寺に運んでおけと。それから、役者の團十郎に知らせるようにと」

「團十郎に、か。わしのことは何も言っていなかったか」

「……」

町役人は少し気まずそうな顔をした。

「どうなんだ」

其角が促すようにきいた。

「何か言っていたようだな。まともに相手をするなと?」

「いえ、そんなことはありません。あの、そろそろ行ってもよろしいですか」

町役人が申し訳なさそうに言う。

仮に其角のことを何か言っていたとしても、本人を目の前にしたら、言いにくいだろう。それを無理やりにきくのは可哀そうだ。

「ああ、すまねえ。最後に、橋にいた伊勢貞九郎に似た男を見た奴を教えてくれ」

其角は町役人にきいた。

「亀蔵(かめぞう)って言いました。これから、巣鴨の旦那と金蔵親分が『江差屋(えさしや)』へきき込みに行くと仰いましたよ」

「『江差屋』の奉公人か」

「下男だそうです」

「どこにあるんだ」

「思案橋(しあんばし)の辺りです。ちょうど、『西国屋』という大きな油問屋がありますので、その並びです」

「『西国屋』か」

貞九郎は『西国屋』から刃傷の様子を聞いて、芝居を書いたと言っていた。

其角は、『西国屋』にも知らせないとならないと思った。

大八車が動き出した。強い風が吹き、筵が捲(まく)れ、遺体の顔が見える。どこか無念そうに、何かを訴えたい表情にも見えた。

(貞九郎、すまねえ)

殺しにしろ、自ら命を落としたにしろ、救ってやることはできなかったのだろうかということが頭を過(よぎ)る。

其角は町役人と別れると、二郎兵衛と共に『西国屋』へ向かって歩いていた。

「さっき、何を言おうとしたのですか」

二郎兵衛がきいた。

「芝居が中止になったこと、吉良さまが襲われたこと、そして貞九郎が死んだこと。全ての裏に柳沢がいるんじゃねえか」

其角は低い声で答える。

「柳沢さまが何故に？」

二郎兵衛が慎重な目つきで問う。

「芝居のことで、不満があるからだ」

「しかし、あの芝居では特に柳沢さまのことには触れていませんでした。一番悪く描かれていたのは、吉良さま。そして、浅野さまも癇癪持ちで、我慢のできない幼稚な大名になっていました。柳沢さまや幕府のことを非難することはありませんし、それがなかったからこそ、伊勢先生に主張が弱すぎると、先生は文句を言ったのではないですか」

二郎兵衛が淡々と反論する。言われてみたらそうだが、其角の脳裏から柳沢の顔が離れない。理屈を考えるよりも、直感しかなかった。

「まあ、いい。調べればわかることだ」

其角が言うと、

「もし柳沢さまが関わっているのであれば、先生だって、何をされるかわかりません。それだけは止してください」

二郎兵衛が引き止める。

「その時には、やり返せばいいだけだ」

其角が当然のごとく答える。

「馬鹿を言わないでください」

二郎兵衛はいつものように言い返す。

「何が馬鹿だ。柳沢さまが何だっていうんだ。宗心殺しは、柳沢さまが裏にいたんじゃねえか」

「それは先生だけが……」

二郎兵衛は困ったように、眉を八の字にする。

やがて、『西国屋』の看板が見えてきた。並びに『江差屋』の看板が見えた。巣鴨たちがいるかもしれないので、『西国屋』に向かった。それに思い詰めたような顔の男を見ただけでは参考にならない。巣鴨は自殺の根拠にするだろうが。

二

『西国屋』は土蔵造りの間口三十五間（約六十四メートル）の大きな店であった。店の大きさとは対照的に、看板はやや小さく目立たない細い文字で『西国屋』と書かれていた。

ちょうど昼時だからか、来客はそれほど多くなかった。

其角が土間に足を踏み入れると、店座敷で台帳を開いたり、算盤を弾いている奉公人が一斉に振り返った。その中で、額の広い中肉中背の番頭風の男が近寄って来た。

「もしや、宝井其角先生で？」

番頭は恐る恐るきいた。

「そうだ」

「やはり。お会いできて光栄にございます。先生の噂はかねがね」

番頭はありふれた文句を並べ、丁寧に頭を下げる。

「主はいるか」

其角は適当に返事をしてからきいた。

「あいにく、出かけておりまして」

「いつ戻ってくるんだ」

「それが何とも読めませんで。お急ぎでしょうか」

「急ぐと言えば急ぐ。ひとがひとり亡くなっているんだ」

其角は番頭の目を見て言った。

「亡くなった？」

番頭はきょとんとする。

「さっき、伊勢町堀で見つかったんだ」

「そういえば、表が騒がしかったようで。店の若い者たちは気になって、用事をあえて見つけては見にいこうとしていましたが、旦那さまから仕事に専念しろと叱られて」

番頭は厳しい目つきで、店の者を見渡した。心なしか、何人かが気まずそうな顔をした。

「そうか。ともかく、ここの主とは関わりのある者だ。そのことで、聞きてえことがある」

「えっ？　誰が？」

番頭は声を潜（ひそ）めた。周囲の者たちは聞き耳を立てているように、より一層静かになった。其角も他に聞こえないような声で「伊勢貞九郎だ」と教えた。番頭は大きく目を広げ、何やら思案する顔になった。

近くの者にも聞こえたのか、隣と話し出す者が目の端に見えた。

「貞九郎は主から刃傷の話を聞いたと言っていたが」

其角が言うと、

「さあ、私にはそういうことはわかりません」

番頭は首を横に振る。

「お前さんは貞九郎とは親しかったのか」

「いいえ、私なんぞは挨拶する程度で」

「ちょっと待たせてもらっても構わねえか」

「もちろんでございます。よろしければ、お上がりになってください」

番頭が勧めてくれた。其角は上がって、奥の客間に通された。ひとりでもいいのに、番頭が付き添って、「其角先生はどうして伊勢先生のことをお調べで？」ときいてきた。

其角はあまり詳しい説明はしないで、「わしも貞九郎とは付き合いがある」とだけ返しておいた。

その答えにどこか不満そうな顔をしている番頭であったが、同じ内容のことを違う言い回しで何度もきいてきた。

面倒になって、

「わしも、伊勢貞九郎の芝居を見たからだ」

と、其角は適当に答えた。

それでも、番頭はしつこくきいてきた。ただ、やけに腰が低く、何か企んでいそうなきき方ではないので、怒るに怒れなかった。

しばらくして、廊下から足音がした。

「旦那さまです」

番頭があわてて言う。

「失礼します」

襖が開き、眉が太く、優しそうな円らな瞳で小肥りの五十過ぎの男が入って来た。

其角の前に腰を下ろす。

「西国屋京三郎にございます」

「宝井其角だ」

「お噂はかねがね。して、一体どのような御用ですかな」

西国屋は柔らかいが、どこか冷たさを感じる声できいてきた。

「伊勢貞九郎が死んだことだ」

其角は西国屋を真っすぐに見つめて言った。

「やはり、そのことですか。私もそれを聞いて、驚いております」

言葉の割には、落ち着いていた。西国屋は隣の番頭に目を向け、声には出さないが口を動かした。番頭は頭を下げてから、部屋を去って行った。

「同心は自ら命を落としたか、足を滑らせて死んだかだと言っているが」

「おそらく、足を滑らせたのではないでしょうかね」

「どうしてだ」

「いえ、よくわかりませんけど」

西国屋は低い声で言ってから、

「あの方は誰かの恨みを買うようなことはありません」

「だが、作った芝居が上演中止になっている」

其角は決め込む。

「芝居の中身は悪くなかったと思うのですが、どこがいけなかったのでしょうね」

西国屋は少し遠くを見るような目をして、語尾を伸ばして言った。

「何か心当たりはねえのか」

「全くございません」

西国屋は首を横に振る。

「貞九郎は刃傷沙汰の様子を、お前さんから聞いて芝居にしたんだったな」

其角は言った。

「私だけではないでしょう」

「他には誰から聞いたんだ」

「さあ、そこまでは私は知る由もありません」

「だが、お前さんがこの芝居の金主だろう？」

「金主と言っても、一部を出しただけですが」

「他は誰が？」

「それも、私にはわかりませんよ」

西国屋は突き放すような口ぶりだった。

「じゃあ、お前さんはどのくらい出したんだ」

「一部です」

「一部ってえと？」

「詳しい額までは覚えておりませんが、私よりも金を出した人はいるでしょう。それが誰なのかわかりませんがね」

西国屋が言い訳がましく言った。

「お前さんが関わっている芝居のことなのに、気にならねえのか」

「伊勢先生のことは信頼を置いていますから」

「芝居の中身にも満足だったのか」

「まあ、そうでございますねえ」

西国屋は目を逸らして、曖昧に答えた。

何か隠していることがある。

其角の目にはそう見えた。

「そもそも、お前さんはどういう訳で、あいつに刃傷の様子を伝えたんだ」

「刃傷沙汰を芝居にしたいから、何か知っていたら教えてほしいと頼まれていました」

「あいつから、お前さんに頼んできたんだな」

「ええ」

「どうしてだろうな」

其角は独り言のように呟いたが、

「幕府の御用商人だからではないでしょうか。わかりませんが」

西国屋は付け加えた。

「だが、御用商人であるなら、幕府の重大なことはあまり漏らしてはいけねえはずじゃねえか」

「まあ、そうですが」

「お前さんが話したことは、幕府に知られていねえのか」

其角は矢継ぎ早にきく。西国屋は再び首を曖昧に動かした。もしも、話したことが知られたら、御用商人から外されることも考えられる。そんなことまでして、貞九郎に話した訳がわからない。ただ、今のところ西国屋には何の咎めもなさそうだ。西国屋は早く話を終わらせたがっている。目が泳いでいて、膝も落ち着きがなかった。

それから、軽く溜め息をつき、

「先生は私に何の疑いを持っているのですか」

と、不機嫌そうにきいてきた。

「疑っているわけじゃねえ」

「そうですか。私も疑われたら、堪ったものではありませんからね」

西国屋は冗談めかしていたが、目の奥は笑っていなかった。


日の暮れまで半刻（約一時間）はあるというのに、烏が鳴いている。

松平兵部の屋敷の裏手の、黒塀に囲まれた市川團十郎の家へ入る。家といっても、小さな屋敷だ。

若手の役者たちが奉公人のように動き回っていた。

「どうしたんだ？」

其角は内弟子のひとりにきいた。

「はい、伊勢貞九郎さんの亡骸が離れに」

「そうか。團十郎が引き取ったのか」

「はい。他に供養する人もいないので」

團十郎は通夜の支度があるというので、客間に通されて待っていた。

床の間の掛け軸には、成田山新勝寺の不動明王が描かれている。その顔が團十郎に瓜二つで、自分に似せて描かせたのではないかと聞いたことがあったが、團十郎はたまたま似ていただけだと言っていた。掛け軸の中から團十郎の少し鼻にこもった野太い声が聞こえてくるようであった。

しばらくして、険しい顔の團十郎が客間に入って来た。

「これは先生」

其角の前に座り、頭を下げた。

「貞九郎の亡骸を引き取ったそうだな」

其角はきいた。

「ええ、他に適当な人もいませんから。せめて私が供養してやろうと」

「まさかこんなことになるとはな」

「ええ。自殺するなんて」

「自殺？　誰がそんなことを？」

「知らせにきた町役人ですよ。同心の旦那がそう言っていたそうで」

團十郎は溜め息をつく。

「お前さんは本気でそう思っているのか」

「そうじゃないんですか。芝居が千秋楽を待たずに中止されたことで衝撃を受けたのだろうという話でした」

「おまえさん、伊勢貞九郎と親しかったのだろう。自殺するような男かどうかわからないか」

「それほど親しいわけではありません。あっしが上方にいた時に、時折会っていて、今回たまたま江戸で芝居をするっていうんで、江戸にいる間は世話をしてやっただけです」

「でも、江戸ではお前さんがあいつと一番親しいだろう」

「まあ、そうなりますかね。江戸じゃなければ、近松先生が一番親しいかもしれません。それと、死んだ先代の山村長太夫が付き合いは長いはずですぜ」

当代はまだ十四歳だ。歳があまりに離れているので当代の長太夫とは互いのことは知っていても、相談するような間柄ではない。

「貞九郎は誰かに恨まれているようなことはなかったか」

「ちょっと待ってくださいな。まるで殺されたように聞こえましたが」

「そうだ。殺されたのだ」

「だって同心が」

「わしは貞九郎の亡骸を見た。頭部に殴られたような痕があった。しかし、同心の巣鴨はこの傷を無視している。第一、まだろくに調べもせずに自殺と決めつけている。おかしいと思わないか」

「確かに」

「それで、恨みを買ってねえかきいたのだ」

其角は言う。

「あっしが知る限りではまったく」

團十郎は答えた。

「女の方は？」

「江戸に来たっていうのに、吉原にも品川にも深川にだって、行けねえ野郎です。何が楽しくて生きていたんだか」

團十郎は真面目な顔で首を傾げる。それでも、もしかしたら、こっそりとそういう場所に行っていて、いい女でもいるのかもしれない。

「殺されたとしたら、あの芝居のせいかもしれねえ」

其角は呟く。

「でも、誰がどうして？」

「芝居の内容だ」

「じゃあ、吉良さまか、浅野さまの方で？」

「うーむ」

其角は顔をしかめた。

「まさか、柳沢さまってことですかい」

團十郎が目を見開く。

「かもしれねえ」

「どうしてです？　柳沢さまがあいつに何か仕掛けるような訳はないように思えますが」

「何となく、引っ掛かるんだ」

「引っ掛かる？」

「言葉じゃ伝えられねえ、何かだ」

其角は頭の中がごちゃごちゃになっていた。

「先生が柳沢さまに執着しているから、そう思うだけでは？」

「いや、巣鴨の様子も怪しいからな」

其角は答えた。

廊下から足音が近づいてきて、部屋の前で止まる。

襖が開くと、

「親方、巣鴨の旦那がお越しになっています」

若い小肥りの男が正座をして、頭を下げながら言った。

「今度は同心が来やがったか」

團十郎は口を曲げて、面倒くさそうに言った。

「どうしましょうか」

「どこか空いている部屋にでも通しておけ」

「へい」

小肥りの男は去って行った。

「巣鴨まで来るとは、余程お前さんに念押しをしたいのだろう」

「行ってきます」

團十郎は立ち上がった。

「先生はどうされます？　巣鴨との話し合いに加わります？」

「いや、喧嘩になりそうだから」

「でも、先生がいた方が話が早いんじゃないですかえ」

「そうだな」

其角は思い直した。

「先生がいてくれたら、あっしも楽なんですよ。一応、役者たちを引っ張っていく立場もあるんで、同心には強く言えねえ、情けない事情もあるんです」

團十郎は苦い顔で言う。

「そうか。だったら」

其角は團十郎と共に、部屋を出た。

正面からさっきの小肥りの男が向かってきた。

「裏庭が見える部屋に通してあります」

ふたりはそこへ足を向けた。


團十郎に続き、其角が入って行くと、巣鴨の顔色が変わった。

「巣鴨の旦那」

腰を下ろしてから、團十郎がゆっくりとした重たい口調で声をかける。巣鴨は其角をちらちらと見る。何でここにいるのかと言わんばかりであった。

其角は睨みを利かせて、巣鴨を見る。

宙で目と目がぶつかった。

真剣を構え合った侍同士が対峙(たいじ)しているように、どちらから先に口を開こうか、相手の様子を窺っているようであった。

團十郎も割り込むことを遠慮しているように見える。

「伊勢貞九郎は殺されたかもしれないと気づいて調べにきたのか」

其角が先に口を開いた。

「あれは殺しではない」

巣鴨は難しい顔で言い返した。

「殺しじゃねえだと？　じゃあ、あの頭の傷はなんだ？」

「舟の櫂が当たって出来たものだ」

「違う。殴られた痕だ。おまえさんは最初から事故か自殺と決めつけているが、おかしい」

「殺しの疑いはない」

「どうしてだ？」

「こっちは成田屋さんに話を聞きに来たのだ。先生と話す気はない。引っ込んでいてもらいたい」

巣鴨はきつい言い方をした。

「出ていけと？」

「そうしてもらおう」

「いえ、先生にはいてもらった方がいいんです。どうせ先生のところにも色々きき込みに行くのでしょう？」

團十郎は巣鴨に真っすぐな眼差しを向けた。

「先生に聞こうと思っている話と、お前さんとの話はまた違う」

巣鴨がふたりを交互に見て答える。

「わしがいると気まずいのか」

其角がきいた。

「そういうわけではない。だが、先生が気まずいのではないか」

「なに、わしが？」

其角は鼻で笑う。

「言わせてもらおう」

巣鴨は刃向かうような態度で言い、

「先生はなぜ貞九郎が自殺をしたかを知っていると拙者は見ている」

と、其角を睨みつけた。

「話にならねえ」

其角は一蹴するが、

「そうやって逃げようとするのは、いかにも先生らしいな」

巣鴨は挑発するように言う。

「なんだと？」

「先生は昨日、深川で呑んでいたときに、貞九郎を呼び出しているな」

「ああ、紀文といたときだ」

「その時には、貞九郎は来なかった」

「宿にいなかったようだ」

「そこで置き文をした」

「こいつのところの若い役者が気を利かせて、文を残しておいてくれたんだ」

「その文を読んだ貞九郎は、今朝早くに先生のところへやって来た。そこで、貞九郎は先生に悩みを打ち明けた。その帰りに身を投げたのだ。先生は自殺を思いとどまらせることが出来なかったので、殺されたことにしようとした」

「よくもそんな作り話が出来るな」

其角は呆れ返った。

「わしは貞九郎に会っちゃいねえ。会っていたら、正直に話してらあ」

「吉良さまを狙っていた侍のこともひた隠しにしているから、信用できぬ」

巣鴨は一蹴する。

「まだ言ってやがる」

其角は舌打ちする。

「旦那、一体何が言いてえんです？」

團十郎が心配そうな声で口を挟んだ。

「貞九郎は芝居が打ち切りになってかなり落ち込んでいたのではないか」

巣鴨は團十郎にきいた。

「そういえば、打ち切り前から貞九郎は元気がありませんでした」

「そうだ。そのころから芝居の打ち切りの話が出ていた。そのことを耳にして貞九郎は悩んでいたのだ。そして、いざ打ち切りになり、絶望から死を選んだのだ」

「出来過ぎた話だ。なんだか前々から出来ていた筋書きのようだ」

其角は言い放った。

「貞九郎の死体が発見されたのは今朝だ。それなのに、もう自殺の結論が出ている。

早過ぎるじゃねえか。まるで、死ぬことがわかっていたようだ」

「何を言うか。成田屋が言うように、貞九郎は悩んでいたのだ。一番間近で見ていた成田屋の言葉には重みがある。これで、貞九郎が自殺したことは明白になった」

「ばか言え。それより、なぜ芝居は打ち切りになったのだ？」

「実際に起こった沙汰を彷彿させるからだ。あの芝居は事実に忠実過ぎるとして問題になったのだ」

「ばかな。誰が事実に忠実だと言ったのだ。事実どころかまったくのでたらめだ」

「そんなこと言うのは先生だけだ」

巣鴨は無表情で吐き捨てた。

それから、もう用は済んだとばかりに、巣鴨は何も言わずに立ち上がって、部屋を出ていった。

襖が閉じるかどうかのときに、「相変わらず、気に食わねえ野郎だ」と其角は言った。團十郎は人差し指を軽く口に押し当て、「まだ聞こえるかもしれませんぜ」と潜めた声で言う。

「別に構わねえ。いってえ、なんのためにここに来たんだ。お前さんが貞九郎の自殺を認めたということにしたかっただけだ」

其角は不快になった。

巣鴨は昨夜のうちに貞九郎の死を知っていたのだ。いや、もっと以前から死ぬことを知っていたような気がする。

貞九郎は殺されたのだ。誰に、なぜ。其角は考え込んだ。

「先生、通夜にはお顔を出されますか」

「ああ、もちろんだ。その前に、これから線香を上げたい」

「離れです。いっしょに」

其角は團十郎について離れに行った。逆さ屏風の前で、伊勢貞九郎は横たわっていた。其角は線香を上げ、手を合わせたあと、白い布をとって顔を見た。恨めしそうな顔をしていた。きっと仇は討ってやると誓った。

三

一刻（約二時間）ほどした頃だった。

外はもう暗い。

木挽町の山村座の裏手にある二階屋は、いつになくひっそりとしていた。二階の明かりは点っておらず、一階の奥の方からわずかに光が漏れているだけであった。

其角は裏口に回り、戸を強く叩いた。

すぐに細面で、切れ長の目の若い男が提灯を持ってやって来た。これも役者で、脇役でよく見かける顔であった。相手は提灯を持ち上げて、其角の顔を照らした。

「其角先生、どうされたのですか」

「長太夫にききてえことがある」

「もしかして、伊勢先生のことで？」

「そうだ」

其角は頷く。

男は好ましくない顔をした。

「何かあるのか」

すかさず訊ねると、

「いえ、座元は伊勢先生のことで、随分心が参っちまっていましてね。さっきまで、巣鴨の旦那から色々ときき込みをされていました」

「すぐに終わるからって伝えてくれ」

「わかりました。中へどうぞ」

男が招いた。

其角は裏口を通った。小さな庭を渡って、勝手口に入る。團十郎の屋敷よりも随分とこぢんまりとしている。狭くて短い廊下の先の中庭に面した八畳間に通された。質素であるが、床の間に飾られた孔雀の描かれた掛け軸がみすぼらしくない部屋にしていた。

そこの部屋で少し待っていると、やがて其角の肩くらいの背丈の肌の白い、まだ幼いが端整な顔の長太夫がやって来た。

「其角先生」

長太夫は声変わりしたばかりの掠れた声で挨拶した。

「だいぶ、同心たちから話を聞かれていたようだな」

「ええ」

「そういう奴らだ。團十郎も迷惑がっていた」

「そうでしたか」

さすが江戸四座の座元だけあって、十四とはいえ幼さを感じさせない落ち着きぶりではあったが、どこか頼りなさも感じられた。

それとは別に、長太夫が其角を見る目に、今までにないようなよそよそしさを感じた。

「どうした？」

其角は長太夫の目を真っすぐに見る。

「いえ、ちょっと疲れているのか」

長太夫は目を逸らした。

どこか居心地が悪そうだ。

其角は体を前のめりにして、咳払いをする。

「巣鴨に何を言われたかわからねえが、あいつの言うことは信用しないほうがいい」

「えっ？」

「わしの言うことをまともに受け取るなと言われているんじゃねえか」

「え、ええ……」

「やはりな」

其角は含みのある目で頷いた。

「どうして、巣鴨の旦那が先生を？」

長太夫は困惑した様子で訊ねる。

「元々、わしのことが気に食わねえんだ。巣鴨は柳沢さまの手先のようなものだ。もしかしたら、貞九郎の死についても柳沢さまが関わっているということも考えられる。だから、わしが出鱈目を言っているという印象を周囲に植え付けようとしているのかもしれねえな」

其角は鋭い目つきで言った。

長太夫は声には出さなかったが、「柳沢さま」と呟き、黙り込んだ。

「貞九郎は芝居のことで悩んでいたか」

其角は改まった声できく。

「悩んでいるといえば。ずっと悩んでいました」

「ずっとというと？　打ち切りが決まる前からってことか」

「芝居が出来上がったときからです」

「どうしてだ」

「わかりませんが……」

長太夫の顔が曇る。

「思い当たることを何でも教えてくれ」

其角は迫った。

「考えていたような芝居にならなかったんだと思います」

長太夫は複雑な表情で言ってから、

「最初は浅野さまと吉良さまの間にあのような確執を描くつもりはありませんでした。突発的に正気をなくす人間を描きたいと仰っていました」

「なるほど。で、どうして今の形に変えたんだ」

「色々書き進めていくうちに、真実を知ってしまったと」

「真実だと？　別に、芝居なんだから真実を描く必要はねえだろう」

「そうなんですが、この芝居に関してはそうはいかないと仰っていまして……」

長太夫は振り返る。

「どうも納得できねえな。誰かに忠実に描くように言われていたのか」

「そういうことも考えられますが」

「とすると、金主か」

「西国屋さんですかね。でも、あの人は……」

長太夫は首を傾げる。

「金を出しているのは西国屋だけじゃないそうだな」

「いえ、あの芝居のお金は全て西国屋さんに持って頂いております」

「なに、全てだと？」

其角は思わず声が上ずった。

「お前さんの勘違いじゃねえのか」

其角は慎重な声で確かめる。

「いえ、あの旦那が出してくれました」

長太夫は疑われたと思ったのか、少し強い口調で言い返した。

「おかしいな」

其角がふと呟く。

「何がおかしいんですか」

「あいつは他にも金主がいるようなことを言っていたから」

「西国屋さんがですか？　まさか、そんなことは……」

長太夫は不思議そうに口を窄める。

其角は腕を組んで考えながら、

「西国屋ってえのは、今までも金主になったことがあるのか」

と、きいた。

「いえ、今回が初めてでございます」

「初めてか。どうして、今回に限って出すことになったんだろうな」

「あの刃傷沙汰を芝居にすれば、必ず儲かるとは言っていましたが……」

西国屋に対して何ひとつ疑うことがないように言う。

貞九郎の死に、西国屋が絡んでいるから嘘をついているのか。其角の心の中には、西国屋への猜疑心が芽生えていた。

「先生、貞九郎さんの通夜に行かれますか」

「行く」

「じゃあ、ごいっしょしてよろしいでしょうか」

「ああ、もちろんだ。貞九郎さんにお別れを言おう」

「はい」

長太夫はしんみり応じた。

四

翌日の貞九郎の弔いには芝居に関わる者が大勢参列した。茶毘に付された遺骨は、大坂から縁者がとりにくるまで團十郎の家の離れに置いておくことになった。

翌日の昼過ぎ、其角は再び西国屋に会いに行った。西国屋は出かけていたが、半刻（約一時間）ほど、客間で待っていると帰ってきた。

客間に入ってくるなり、西国屋は脂ぎった額の汗を手の甲で拭った。

西国屋が正面に腰を下ろすと、

「主」

其角は改まった声で呼びかける。

「何か御用があれば、再度こちらから出向きましたのに」

「いや、行き違いになるといけねえからな」

「そんな大事なことで？」

「大事っていうより、お前さんが勘違いしていねえか確かめたかったんだ。お弔いの場じゃ、まともな話は出来ないからな」

「勘違いって何のことでしょう」

西国屋は懐から手ぬぐいを取り出し、再び額を拭う。口が乾いているのか、舌なめずりして、口元も手ぬぐいで拭う。

其角は言い出さずに、西国屋をじっと見た。

「先生、何でしょう」

西国屋は居ても立っても居られない様子できく。

「芝居の金はお前さんがすべて賄ったという話をきいたんだが」

「誰からですか」

「その筋の者からだ」

其角は山村長太夫の名は出さなかった。毅然とした態度に、西国屋は少し怯んだ表情を見せた。

「きっと、その方が勘違いしているのでしょう」

西国屋は其角の目を逸らす。

「どうして、嘘をつく」

其角は問い詰める。

「嘘じゃございません」

「だが、金はお前以外からは出ていねえ。これは間違いねえことだ」

其角は言い切った。長太夫が嘘をついていないか確かめる必要はなかった。

「……」

西国屋はしばらく言葉を詰まらせた。

「わしは幕府の側の者ではねえし、あいつの芝居の金がすべてお前さんから出ていたからと言って、お前が伊勢貞九郎を裏で操っていたと思っているわけでもねえ。ただ、あいつの死について、本当のことが知りたいだけなんだ」

其角は真剣に話した。西国屋は大きく息を吸い、心を落ち着かせるようにゆっくりと吐いた。

「先生は色々な大名とも親しいのでしょう？」

「親しいといえば、親しいが」

「浅野さまとも関わりがあったと聞いていますよ」

「浅野さまよりも、家来の方々と親しかったんだ」

「それで、あの芝居の金主になった私を面白くないと思っているんですか」

西国屋は急にぶっきらぼうな口調になる。

「わしは別にそんなことを思っちゃいねえ。なるほど、浅野の家来から恨まれるかもしれねえから、全部出したとは知られたくなかったのか」

「ええ、まあ」

「そんな心配があるのにどうして金主になったのだ」

「評判を呼ぶと思ったからですよ」

「貞九郎は芝居を書くに当たり、お前さんから色々助言を得たと言っていたが」

「私は何も。どなたか他の方に聞いたのでしょう」

「それは誰だ？」

「わかりません」

西国屋は首を横に振ってから、

「いったい、何をお調べですか」

と、声を強めた。

其角はひと呼吸置いてから、

「貞九郎の死が、どうにも気になって仕方ねえ。ただ、それだけだ」

其角はしっかりと西国屋を見て答えた。

西国屋は腕を組んで、うつむき加減に黙り込む。

「お前さんは何を心配しているんだ」

其角が率直にきいた。

西国屋は目だけを上げて、

「いえ」

と、首を横に振る。

「金主はお前さんひとりで、間違いねえな」

其角が確かめる。

「はい」

西国屋は認めてから、

「元はといえば、私以外にも金を出す者はいたんです。それが、いつからか金主は私ひとりだけになってしまいました」

と、付け加えた。

「できることなら、金主はひとりだけの方がいいのではないか」

「普通であればそうなんですが、今回のように大きく打って出る芝居となると、金はいくらでもかかりますし、なかなかひとりの力では厳しいものがございます」

「お前さんは紀伊國屋文左衛門に並ぶほどの豪商だ。そんなはずあるめえ」

其角は断言する。

「いいえ、それは買いかぶり過ぎです。いくら幕府の御用商人で、立派な店をここに構えているとはいえ、内情は紀文さんとは月とスッポンでございます」

「そうか?」

其角は信じられない目で見る。

「ともかく、先生に嘘を申しましたのは、私も狙われるのではないかと思っているからです」

西国屋は小さな声で言う。

「狙われるというと？」

其角がきき返す。

「……」

西国屋は俯き、答えない。

「あの芝居は誰に潰されたのか知っているのか」

其角はきいた。

「吉良さまでしょう」

西国屋は重たい声で答える。

「吉良さまだと？」

其角の声が裏返る。

「あそこまで、吉良さまを悪く描いたのです」

「だが、吉良さまに芝居を中止させる力なんかねえだろう」

「いえ」

西国屋が首を横に振る。

「あるっていうのか？」
其角は改まった声できいた。
「高家筆頭でございますし、朝廷とも関わりがあります。吉良さまを批判すること
で朝廷の方にも影響を及ぼすでしょう」
「するってえと、吉良さまが直接潰したというより、吉良さまと親しい朝廷側の者
から力がかかったと言うんだな」
「私はそこまでは、はっきり言えません」
西国屋は、わかりやすく口をきつく閉じた。
確かに、西国屋の言うことも一理あるかもしれないと思った。幕府であれば、芝
居が始まって、すぐに中止にさせることも可能だ。それが、千秋楽の前日に中止が
決まるというのが引っかかっていた。朝廷の方からの指示であれば、それだけ時が
かかったとしてもおかしくはない。
「伊勢貞九郎が死んだのは、どういう訳だと思うんだ」
其角はもう一度きいた。ひととおり西国屋の考えを聞いたあとでは、また違う答
えが返ってくるかもしれないと思った。
「自ら命を落としたのだと思います」

「なんでだ」

「満を持して作った芝居が潰されたからです。その悔しさは計り知れないでしょう」

西国屋は遠い目をして答える。

「でも、お前さんはさっき、嘘を言ったのは狙われるからだと言ったな」

其角は確かめる。

「はい」

西国屋は心なしか、どぎまぎしながら答える。

「先生、この話はあまり大きな声では……」

「すまねえ。だが、お前さんも狙われるってことは、貞九郎も朝廷側の者に狙われたってことじゃねえのか」

其角は口をあまり動かさないで低い声で言った。

「実際に誰に狙われたのかは知りません。ただ、よく会っていた者がいたそうです」

「よく会っていた者？」

「私もわかりませんが、夜な夜な会っていたとも聞きます」

「相手は誰だ」

「わかりません」

「どこで会っていたんだ」

「伊勢町堀の方だと」

「誰から聞いたんだ」

「貞九郎の泊まっていた宿屋の女中です。私も貞九郎に用があることがあって、何度か夜に訪ねたことがあったのですが、一度も会えた例がございません」

「その女中も、誰に会っていたのかは知らないんだな」

「ええ、そう言っていました」

其角はそう聞いてから、軽く頷いた。それから、思い出したように、「ところで、お前さんが貞九郎に話したことっていうのは、吉良さまの悪い一面だったのか」ときいた。

「いえ、なんと言いますか、浅野さまが癇癪持ちで、吉良さまと揉めていたことを少し話したのでございます。あとは、刃傷沙汰の時に誰が松の大廊下にいたかなどということを茶坊主から聞いて、話したくらいで」

「茶坊主？」

其角の耳に引っかかった。

「はい……」

西国屋は強張った顔で頷く。

「なんていう茶坊主だ」

「石橋宗心という者です。もしや、先生ご存じですか？」

「いや、なんとなく聞いたことがあるような」

其角は咄嗟に惚け、

「お前さんはその石橋とやらとは親しいのか」

と、きいた。

「特に親しいというわけではございませんが、顔見知りで、刃傷沙汰のあとに顔を合わせる機会があったので、実際にどうだったのか聞いたら教えてくれました」

西国屋は頭の中を整理するように斜め上を見る目つきで答える。

「よく教えてくれたな」

「おしゃべりな方でして」

「じゃあ、その者に聞けば、あの一件のことは教えてくれるのか」

「いえ、私じゃないと厳しいと思います」

「いくら、わしでもか」

「ええ」

西国屋は小さく頷く。石橋宗心が殺されたことに触れていない。まさか、知らないはずはない。

言いたくない訳があるのだろう。

話をしていても、西国屋の正体が未だにつかめない。

柳沢保明などの息がかかっているのかもしれないし、それとも御用商人から外されたくないがために、其角には曖昧に答えているのかもしれない。

ただ、伊勢貞九郎には芝居を作る上で役に立つことを話している。

「あの……」

西国屋が申し訳なさそうに呼びかけ、

「確かに、金主は私ひとりですが、伊勢先生は私以外にも話を聞いている者がいたようです。もしかしたら、夜な夜な会っていた者がそうかもしれません」

と、言った。

その者が誰なのかわからないが、西国屋が嘘をついているかどうかは、宿屋の女中に聞けばわかるはずだ。

其角は店を辞去して、貞九郎が泊まっていた宿屋へ向かった。

宿屋は大伝馬町にあり、『西国屋』からそう離れていないところにあった。

こぢんまりとしているが、小綺麗な戸口だ。

其角は土間に入る。

「いらっしゃいまし」

帳場の主人が顔を向けたが、

「あっ、其角先生」

と、言い添えた。

「もしかして、伊勢貞九郎先生のことで?」

主人がきく。

「そうだ。よくわかったな」

「あのことがあってから、伊勢先生のことで訪ねて来る人がいらっしゃいますので」

「誰が訪ねて来たんだ。もちろん、同心の巣鴨は来ただろう?」

「ええ、岡っ引きの金蔵親分といっしょに」

「何を言っていた？」

其角はきいた。

「伊勢先生は自殺だ。悩んでいたように見えなかったかと」

「で、なんと答えた？」

「確かに、いつも暗い顔をしていましたと」

ちょうど、宗匠帽をかぶった五十くらいの客が入ってきた。

主人は其角に断りを入れてから、客に応対をした。客の言葉遣いが上方のもののようであった。

宿帳を書き終えると、奥から二十歳そこそこの背が低くふくよかで、愛想のよさそうな笑みを浮かべた女中が出てきた。そのまま、客を二階へと案内する。

「お待たせしました」

主人は其角に顔を向けた。

「ここは上方の客が多いのか？」

貞九郎のこともあって、それをきいた。

「ええ、多うございますね。私が元々上方で役者をやっていたもので、それであっちで芝居に関わる方々には伝手があるんです。伊勢先生もしかりですが」

「その貞九郎だが、夜な夜なここを抜け出して誰かに会っていたようだな」

其角はさっそく切り出す。

「誰かに会っていたかどうかまでは知りませんでしたが、三日に一度くらいは、夜の四つ（午後十時）くらいにここを出て、朝方に帰ってきました」

「どこへ行っていたのか知らねえのか」

「はい」

「女中は知っているようだが」

「本当ですか」

「西国屋は女中から誰かに会っていたという話を聞いたと言っていた」

「おかしいですね」

「なんでおかしいんだ」

「伊勢先生が江戸橋で土左衛門で発見された日の朝、先生が帰ってこないので、あの者に行く当てを知らないかきいたんです。頻繁に夜中に出かけていたので、もしかしたら、あの者にだけ伝えているのかと思いまして。その時、全く知らないと答えたんです」

主人は解せない顔をしている。

「あの女中以外にも、誰か雇っていねえのか」

其角は宿の中を見渡しながらきいた。

「ひとりだけです。ですから、西国屋さんが言っていることが本当だとしたら、あの者のことでしょうが……」

主人が考え込む。

二階からさっきの女中が下りてきた。

其角がじっくりと見ると、女中はどぎまぎした顔で足を止める。

「お前さん、いまの話、聞こえたか」

其角がきく。

「いまの話？　なんのことでしょうか」

さっきの客を通したときの明るい笑顔は消え、恐れるような目つきになった。

「伊勢貞九郎が夜に出かけていたことについてだ」

其角は女中の目を覗き込むようにして言う。

「……」

女中は顔をうつむけ、両方の手のひらを着物で拭った。

「正直に答えなさい」

主人が口を挟む。

女中は一度主人を見てから、其角に顔を向け直した。言葉には出さないが、口をわなわなと震わせていた。

「西国屋が嘘をついているってことも考えられるが」

其角は柔らかい口調で付け加える。女中は目を泳がせて、右手と左手の指を絡ませた。

だが、其角はその指の動きを見ながら、この女中が嘘をついているのだと感じた。

だが、きつく問い詰めようとは思わない。

「貞九郎は伊勢町堀のほうまで行っているというのをお前さんに話したんだな」

其角は決めつけて言った。

「はい」

女中が鼻から呼吸をして、小さく頷く。

「どうして、そのことを私に知らせてくれなかったんだ」

主人が眉間に皺を寄せる。声にも不満の色が滲んでいた。女中は「本当に申し訳ございません」と今にも泣きそうに謝る。

可哀そうに思い、其角は主人に目を向けた。主人も其角を見た。「訳があるだろうから、そんなに責めるんじゃねえ」と目で伝えた。

主人は其角の意図を読み取ったのか、何も言わずに顎を軽く引き、

「伊勢先生に口止めされたのか」

と、さっきより随分と優しい声をかけた。

女中はまだ硬い表情であるが、顔を上げる。

「……」

「まさか、金をもらっていたのか？」

「いえ、もらっていません」

女中ははっきりと答える。

「じゃあ、口止めをされていたんだな」

主人は決めつけるが、女中が曖昧な返事をした。どうして、貞九郎が口止めするのかわからない。もしも、口止めするくらいなら、行き先を教えなければよかったのではないか。

其角は他に訳がありそうだと感じた。咳払いをして、女中を見つめる。目と目が合うと、女中は観念したように、

「伊勢先生が亡くなられる五日ほど前のことです。近所の酒屋の佐助さんが夜中に伊勢町堀の辺りで伊勢先生を見たと言っていたんです。それで、伊勢先生に確かめ

たら本郷だと答えたのです」

と、微かに震える声で答えた。

「本郷だと？　伊勢町堀からは離れてるじゃねえか。確かにそう言ったのか。別に口止めされていたわけじゃねえんだな」

「はい」

「なら、隠すことはなかったじゃねえか」

其角が軽い調子で言い、主人に目を遣った。主人は厄介そうな目をしていた。

「なんだ？」

其角は気になってきく。

「いえ、これは手前どものことですので」

主人は答えない。

「気になるじゃねえか」

「いえ、大したことじゃないんですが、酒屋の佐助って次男坊が、どうにも道楽息子の遊び人で方々の女に手を出しているんです。中には甘い言葉に引っかかって、貢いだものの、あっさりと捨てられた女もいたそうです。だから、あの男にだけは絶対に関わっちゃいけねえと口酸っぱく言っていたんです。それなのに……」

主人が溜め息をつく。

女中はどうすればいいのかわからない顔をしている。

「男と女の仲はお前さんが気にすることじゃねえ」

「ですが、近所の呉服屋の女中なんかは、佐助のせいで店の金にまで手を出したそうで。うちでやられたら、堪ったものではありませんから」

主人が掠れ声を出す。

女中は一言も二言も言い返したそうな目をしていたが、拳をぎゅっと握り、我慢しているのがわかった。

「この子はそんな馬鹿じゃねえ。あまり心配し過ぎるんじゃねえ」

其角は軽く注意して、

「本郷に行ったと貞九郎は答えたんだな」

と、あらためて女中に確かめた。

「はい、夜出かけるときには、本郷へ行くと仰っていました」

「何しに行くのかまでは言っていなかったか」

「ええ、そこまでは」

女中が首を横に振る。

おそらく、誰かに会いに行っていたのだろう。その相手が誰なのか。本郷の辺りで、貞九郎と面識がありそうな者はいるのか。それとも女中には咄嗟に嘘をついたのか。

其角は考えこんだが、一向に思い浮かばなかった。

ただ、その者が貞九郎の死に絡んでいるのかもしれないし、誰かに狙われている相談を、その者にしていたのかもしれない。

西国屋が言っていたように、朝廷側の者の仕業とでもいうのか。

様々な思いが頭の中を駆け巡った。

五

暮れ六つ（午後六時）前、江戸座へ帰った其角は、今日聞いたことを二郎兵衛に話した。

「また面倒なことに首を突っ込むんですか」

二郎兵衛は半ば呆れたように言う。

「お前は何でも嫌がるな」

其角は顔をしかめて言い返す。

「伊勢先生のことが気になるのはわかりますが、先生が首を突っ込むことはないと思うんです」

「貞九郎は殺されたんだ。間違いない」

「だから、そう疑っているのは先生だけじゃないですか」

「だからわしが動かなければ真のことが闇に葬られてしまうんだ」

「だからって先生が」

「うるせえ、わしの勝手だ」

「先生の身に何かあったら、先生を慕っている人たちはどうなるのです」

「そればかり言いやがる」

「本当のことですから」

二郎兵衛はきつい目で言う。

其角は舌打ちをした。このままでは伊勢貞九郎が浮かばれない。死の真相を暴き、貞九郎を成仏させてやる。

「こちらが」

二郎兵衛は文を取り出した。

開けてみると、上方に住んでいる狂言作者の近松門左衛門からであった。

そういえば、伊勢貞九郎のことで文を送っていたのだった。

其角は真剣な目で、文に目を落とした。

門左衛門と貞九郎は年に一度か二度くらい呑むような仲だそうだ。ここ数年、貞九郎は良い作品を書き上げることが出来ないで悩んでいた。そんなときに、江戸で芝居を書いてみないかという話があり、貞九郎が上方を出立する前夜、ふたりは呑んだ。貞九郎はもしかしたら、これで昔の誉れを取り戻せるかもしれないと語っていた反面、どんな芝居を作るのかいくらきいても、「今は答えられない」と教えてくれなかったという。門左衛門は貞九郎の才を買い、いずれは名を成すと思っていたが、それと同時に焦りすぎているようにも見えたそうだ。

文を読み終えてから、其角は二郎兵衛に顔を遣った。

「お前はもう読んだな」

「いえ、まだ」

「そうか」

其角は二郎兵衛に文を差し出した。

二郎兵衛は両手で受け取り、目を通す。

ざっと目を通してから、

「伊勢先生がどんな芝居を作るのか答えられないと言っているのが気になりますね。芝居をやるって決まった時から、表には出ていない何かがあったんでしょうか」

二郎兵衛がぽつりと言う。

「そんな気がする。だったら、そもそもあいつがこの芝居を書いたこと自体に何かあるのかもしれねえ。西国屋も何か怪しい。巣鴨は必死に自殺に仕立てようとしている」

其角は言い放った。

「だからと言って、先生が何かすることではありません」

二郎兵衛はきつく言った。

「うるせえ」

其角は立ち上がり、

「出かけてくる」

と、二郎兵衛を見ずに言った。

「どちらへ」

「決めてねえ」

其角は出かけた。

大伝馬町にある宿屋の並びにある『灘屋』という酒屋に行った。

ちょうど手代風の男が表の大戸を閉め終えたところだった。潜り戸から中に入ろうとしたのを呼び止めた。

「ここに佐助っていうひとはいるかえ」

「若旦那ですね。ええ、まだ、いると思いますが」

「出かけるところか」

「たいてい、夜になると出かけますので」

「そうか。すまねえが呼んでもらいたい」

「其角先生ですね」

「そうだ」

「少々お待ちください」

「ああ。酒の匂いがたまらねえな」

かぐわしい匂いが其角の鼻を打った。

手代は潜り戸を入って行った。

大戸の前で待っていると、若い男が潜り戸を出てきた。洒落た小紋に本博多帯(ほんはかたおび)を締めている。色白のにやけた感じの男だ。女に好かれそうな雰囲気だ。

「佐助ですが」

男が近づいてきた。

「なるほど。おまえさんが佐助さんか」

「何か」

「じつはこの前亡くなった伊勢貞九郎のことできたい」

「ええ。でも、立ち話でもいいんですかえ」

佐助はにやつきながら、

「どうせなら、どこかで呑みながらでどうです？」

「そうだな」

酒の匂いに刺激されていたので、

「よし。どこかいいところあるか」

「人形町(にんぎょうちょう)通りに洒落た呑み屋が出来たんです。女将(おかみ)がいい女でしてね」

「なに、女将はそんなにいい女か」

「はい。酒はうちから仕入れてますからうまいです」

「うまい酒にいい女か」

こいつはたまらねえと、其角は舌鼓を打った。

佐助と並んで人形町通りに向かいながら、其角はきいた。

「おまえさん、かなり女にもてるようだな」

「さあ、どうでしょうか」

其角は思わず舌なめずりをした。

「これから女のところに行くところだったんじゃないのか」

「ええ。まあ」

人形町通りに入ってほどなく提灯の明かりが見えてきた。

「『おそめ』か」

屋号を見て、其角はきいた。

「そうです」

「おまえさんが行くのは料理屋かと思ったが」

「でも、『おそめ』はそこそこいい値をとります」

佐助は間口の狭い戸口に向かった。

暖簾をかきわけ、店に入る。右手に小上がりが、左手は長い腰掛けがふたつ並んでいたが、客でいっぱいだ。

だが、日傭とりとか職人といった居酒屋の客筋とは違う。商家の主人か職人の親方のような客が多い。器量のいい若い女が酒を運んでいる。

「これは若旦那」

奥から富士額の色っぽい女が出てきた。二十四、五の年増だが、肉付きもよく、其角は自然に顔が綻(ほころ)んだ。

「女将。二階は空いているかえ」

「ええ、どうぞ」

女将はそう言ってから其角に顔を向けた。

「ひょっとして其角先生じゃありませんか」

「いかにも其角だ」

「まあ」

女将は感激したように言う。

「女将、其角先生を知っているのか」

佐助が驚いてきく。

「高名な俳諧師よ。お会いするのははじめてですけど」

「なるほど、いい女だ」

其角は女将に微笑（ほほえ）みかけ、女将の手を握った。

「うれしいわ、先生」

「ちっ」

佐助は舌打ちして階段に向かった。

「すぐ酒を」

そう言い、其角はついていく。

階段を上がり、とっつきの部屋に入って向かい合った。

「先生、いきなり女将の手を握ったりしていやがられますぜ」

佐助が文句を言う。

「別にいやがっていなかったがな」

其角は涼しい顔で言う。

「愛想を浮かべているだけでほんとうは……」

障子が開いて、女将が直々に酒を運んできた。

「いらっしゃいませ」

女将が改めて挨拶をした。

女将は其角の横に座った。佐助が不満そうな顔をした。

其角は女将の酌を受け、勝手に呑みはじめた。佐助も不機嫌そうに猪口を口に運んだ。

「さあ、どうぞ」

女将が言うと、其角は猪口を伏せ、

「湯呑みにもらおう」

と、湯呑みを摑んだ。

「女将、其角先生と話があるんだ。座を外してくれ」

佐助はいらだったように顔を歪めて言う。

「先生、またあとで」

女将は其角の手をとって言う。

「ああ、またな」

其角は立ち上がった女将の尻をなでた。

佐助は目を剝いた。

女将が出て行ったあと、

「俺でもあんな真似出来ねえのに」

と、憤然と言う。

「気にするな。わしは相手がいやがることはしない」

「……」

佐助は大きな溜め息をついた。

「伊勢貞九郎のことだが」

其角は真顔になった。

「夜中に伊勢町堀の辺りで見かけたことがあったそうだが」

「どうだったかな」

佐助はふてくされたようにとぼけた。

「宿屋の女中が話してくれたんだ。つまんねえ焼き餅なんか焼かねえで」

「焼き餅だと」

佐助はむっとした。

「おまえさんのほうが若いし見栄えもする。わしなど冴えない中年男だ。女将がどっちを選ぶかはっきりしている」

其角は続けた。

「おまえさんはあまたの女を弄(もてあそ)んできたようだが、女心がわかってない。女将はわしに馴(な)れ馴(な)れしくすることで、おまえさんの気持ちを量っているのだ」

「……」

「女というものはそういうものだ。そんなことにも気づかなかったのか」

「いや、そういうわけじゃないが」

佐助は機嫌を直したようだ。其角は内心でほくそ笑みながら、

「ところで、伊勢貞九郎のことだが」

と、話を戻した。

「貞九郎が誰と会っていたか、どこに行こうとしていたかわからないか」

「わかりません」

佐助は首を横に振った。

「伊勢町堀のどの辺りで見かけたのだ？」

「塩河岸(しおがし)の辺りでした」

「ひとりか。近くに誰もいなかったのか」

「気がつかなかったな」

佐助は口をひんまげた。

「貞九郎はときたま夜に宿を抜け出していた。いったい、誰に会っていたのか」

呟きながら、其角は手酌で注いだ湯呑みの酒を喉に流し込む。

ふいに佐助が立ち上がった。

「どうした？」

「厠だ」

佐助は部屋を出ていった。

なかなか戻ってこない。勝手に引き上げたのかと思い、其角は部屋を出た。すると、階段の下から佐助の声が聞こえた。

「禿頭の小肥りの中年男のどこがいいんだ？」

「丸っこい頭が可愛いじゃない。女心を惹きつける何かがあるのよ。俳諧ではたいへんなお方よ。茶も書もなんでも秀でているって噂」

女将の声だ。

「わからねえ」

「其角先生の爪の垢でも煎じて呑んだほうがいいわ。佐助さんに足りないものをなんでも持っているから」

こそばゆくなって、其角は部屋に戻った。

ほどなく女将の声がして、障子が開いた。

「失礼します」

女将が入ってきた。

「先生」

「どうした？」

「佐助さんが帰るって言うんです」

「帰る？　どうしてだ？」

「さあ、どうしてでしょうか」

「焼き餅か」

女将はくすりと笑い、

「どうでしょうか」

と、首を傾げた。

「怒らせて帰して、もうここを使わなくなったら女将も困るだろう。よし、呼んでこよう。下にいるのだな」

「いいんですよ」

「いい？」

「あのひと、しつこいんです。何度言い聞かせてもわかってくれなくて。女はみな自分になびくものだと思っているんです。これで来なくなったほうが清々していいんです」

其角は女将の顔をじっと見つめた。

「女将。そなたは策士だ」

「えっ？」

「佐助を追い払うためにわしを利用したな」

「そんなことありませんよ」

女将はにじり寄って其角の手をとって、自分の胸元にもっていった。

「先生、私は本気ですよ」

女将は流し目を向ける。

「きょうはだめだ。佐助に連れてこられたんだ。佐助の顔を立てぬとな」

其角は立ち上がった。

「佐助さん、先に帰りましたよ」

「何帰った？」

「ええ、勘定は先生からもらえと」

「あの野郎、自分で誘いやがって」

「なんなら、『灘屋』の旦那につけておきましょうか」

「いや、いい」

其角は苦い顔をした。

「先生が払うんですかえ」

「いや。ちょっと紙と筆を貸してくれ」

「何をするんですか」

「借用書だ」

「いいんですよ。先生に払わせるわけにはいきません。よございます。お代はいりませんよ」

「そうはいかぬ」

「その代わり、お店を閉めるまで待っててくれますか。いっしょに呑みましょうよ」

「いや、そうもしていられねえ」

探索のためにやってきたんだ。女といちゃついている場合ではない。其角は毅然として引き上げようとしたが、腰が上がらなかった。

「今、お酒を持ってきますから、呑みながら待っててくださいな」

女将の鼻にかかった声に、其角は頷いていた。

眩(まばゆ)い陽差しに、其角は目を覚ました。一瞬、どこだと思ったが、いつもの見慣れた天井の節穴に、自分の家だとわかった。

昨夜、『おそめ』の閉店後に女将と酒を呑み、しっぽりとなった。その後、江戸座まで帰ってきたようだ。

「お目覚めですか」

「喉が渇いた」

二郎兵衛が顔を覗かせた。

其角は体を起こして言う。

「待っててください」

すぐに二郎兵衛は湯呑みを持ってきた。

其角は湯呑みを摑んで顔をしかめた。

「水じゃねえか」

「喉が渇いたんでしょう」

「気が利かねえな」

其角は舌打ちした。

「酒はほどほどにしてくださいな。昨夜だってたいへんだったんですから」

「何がだ？」

「駕籠の中で寝ちゃって」

「わしは駕籠で帰ってきたのか」

「そうですよ」

思い出した。夜中に帰ると言い出したら、女将が駕籠を呼んでくれたのだ。

「駕籠かきに手伝ってもらってやっとここに寝かせたんですよ」

「わしとしたことが」

酔っても正体を失くすことはなかったが、昨夜は特別だったようだ。うまい酒にいい女。其角は思い出して口元を綻ばせた。

第三章　短刀の行方

一

其角は伊勢町堀の塩河岸に行ってみた。

堀は荷を運んできた船でいっぱいだ。佐助はここで夜中に伊勢貞九郎を見かけたという。貞九郎はここで誰かと会っていたのだ。

其角は活気に満ちた船荷の積み下ろし作業を見つめながら、その人物を想像した。女ではあるまい。男だ。周囲には存在を知られていない男だ。その男が貞九郎を殺したのか。

なぜ、貞九郎は殺されなければならなかったのか。やはり、芝居と関わりがあるに違いない。

そもそも、あの芝居には違和感しかなかった。まず、刃傷沙汰の芝居が出来たことだ。そして、大きな問題は内容だ。

浅野内匠頭をけちな田舎大名、吉良上野介を強欲な因業爺としている。このような解釈を貞九郎がしたのか。

刃傷の真相は内匠頭の乱心だ。其角はそう思っている。

それは茶坊主の宗心の動きから推し量ることが出来た。宗心は、内匠頭が吉良に刃傷に及んだとき、松の廊下の現場にいたのだ。

内匠頭は沙汰の際、「この間の遺恨、覚えたるか」と叫んだとされている。内匠頭をとり押さえた梶川与惣兵衛はその言葉を聞いていたのだ。この言葉で、両者の間に確執があったとされた。

だが、その場に居合わせた宗心は聞いていなかったようだ。

さらに、大きな問題があった。刃傷のとき、行動したのは梶川与惣兵衛だけで、松の廊下にいた他の大名はただ黙って見ていただけだった。

このことが知られたら、卑怯者の烙印を押されることになる。そのためにその場にいた大名は宗心に口止め料を払っていた。宗心が要求したのかもしれない。

そんな中で、宗心が殺された。

その殺しに同心の巣鴨が関わっている。さらに、巣鴨の背後にお側用人の柳沢出羽守がいると、其角は思っている。

世間は、浅野内匠頭が刃傷に及んだ理由について色々な噂をしていた。ただ、あの芝居は遺恨によるものとしている。

芝居を見た者は現実の刃傷沙汰と重ねるだろう。そして、今後、沙汰の真相は遺恨によるものとされるだろう。

あの芝居の狙いはそれだったのではないか。

だが、そうだとしたら、なぜ千秋楽を待たずに突然、芝居が中止になったのか。

いや。そのほうがいかにも真実味が加わるからではないのか。

あの中止は突然ではなく。前々から予定されていたことではないか。

其角はその場を離れ、江戸橋のほうに行った。

貞九郎は頭を殴られて川に突き落とされたのに違いない。貞九郎が夜、宿屋を抜け出して会っていた人物と貞九郎を突き落とした者とは同じか否か。

別人だとしても、貞九郎が会っていた人物には下手人の想像がつくのではないか。

なんとしてでも、貞九郎が会っていた人物を捜したい。

江戸橋の欄干から川を見る。貞九郎が橋から川を眺めていたのを見た男がいたことを思い出した。

ほんとうに貞九郎だったのか。

ふと、貞九郎を見たという亀蔵のことを思い出した。話を聞いても無駄だと思って会いにいかなかったが、亀蔵はほんとうのことを言っているのか。何者かに頼まれ、貞九郎が身を投げたと印象づけるような役目を担ったのではないか。そうだったら、その男が突破口になるかもしれない。

確か、思案橋の近くにある『江差屋』の下男だった。

其角は伊勢町堀にかかる橋を渡り、日本橋川沿いに思案橋に向かった。『西国屋』の並びに『江差屋』がある。乾物問屋だ。

其角は土間に入り、番頭らしき男に、

「すまねえ、ちょっといいかえ」

と、声をかけた。

「ひょっとして其角先生ですか」

番頭は目を丸くして言う。

「うむ、そうだ」

「これはこれは」

番頭は顔を綻ばせた。

「私も俳句のほうを」

「その話はまたにしよう。じつは下男の亀蔵に会いたいんだが」

「亀蔵？」

番頭は眉根を寄せた。

「そうだ。何かあったのか」

「亀蔵は辞めました」

「辞めた？」

「ええ。国に帰るということで」

「いつ辞めたんだ？」

「ふつか前です」

「ふつか前だと？」

「はい」

「ずいぶん急ではないか」

「はい。私どもも驚いています」

「国はどこだ？」

「上州です」

「ほんとうに国に帰ったのか」

「さあ」

「亀蔵はいつから働き出したんだ？」

「半年前です」

「半年か。早いな」

「はい」

「亀蔵と親しい者はいないか」

「手代の磯吉は上州の出で、同郷のよしみでよく話していました」

「磯吉は今いるかえ」

其角は辺りを見まわした。数人の若い奉公人が立ち働いている。

「あいにく、使いに出ています」

「そうか。ところで亀蔵はいくつだ？」

「三十半ばです」

「どんな感じの男だ？」

「小肥りで、暗い感じの男です」

「いつぞや、南町の同心と岡っ引きが亀蔵に会いに来たと思うが？」

「お見えになりました。自殺した男のことだったそうで」

「亀蔵がそう言ったのか」

「はい」

「どうして、亀蔵は夜遅くに外出出来るのだ？」

「もうひとりの下男に小遣いを与えて裏口を開けてもらっていたということで。ときたま、こっそり抜け出していたようです。そんなこともあって、亀蔵を辞めさせようという話が出ていました」

「いずれ辞めさせられたってわけか」

「そうです」

「亀蔵はどこに行っていたんだ？」

「辞めるときにきいたら、深川の女郎屋だと言ってました。なんでも、うちに奉公する前によく通っていた女のところだそうです」

「よく通っていた？」

「ええ。そう言ってました」

「亀蔵は口入れ屋の世話か」

「そうです。堀江町一丁目にある『河田屋』です」

ちょうど客が入ってきたので、

「わかった。すまなかった」

と言い、其角は店を出た。


堀江町一丁目にある『河田屋』の暖簾をくぐった。

店座敷の文机の前に、狸の置物のように肥った男が座っていた。主人のようだ。

「ちょっと訊ねたい」

其角は声をかける。

「『江差屋』に世話をした亀蔵って男のことだ。ふつか前に、『江差屋』を辞めたそうだ」

「はい」

「知っているのか」

「『江差屋』の旦那から苦情を言われました。それで、新しく下男を世話しました」

「亀蔵は国に帰ったそうだが？」

「どうでしょうか」

主人は首を傾げた。

「どういうことだ？」

「国にはもう帰る家はないようなことを言ってましたから」

「そうか。国に帰ったのでなければ、どこに行ったのだ？」

「どこかもっと給金のいいところに誘われたんじゃないですか」

「誰に誘われたと言うんだ？」

「さあ」

「なるほど。そういうことか」

其角は思わず唸った。

何者かが亀蔵においしい餌をぶらさげて偽りの訴えをさせたのではないか。其角はそう確信した。

「亀蔵の行き先の見当はつかないだろうな」

「へえ、わかりません」

「わかった。邪魔をした」

其角は『河田屋』を出た。

其角が亀蔵に近づくことまで見越して逃がしたとは思えない。其角の動きをそこまで読んでいなかったはずだ。

姿を晦ましたのでなければすぐみつかる。其角はもう一度、『江差屋』に戻った。

番頭に声をかけると、

「磯吉は帰っています」

と、近くにいた男を呼んだ。

「磯吉、其角先生だ」

「磯吉です」

二十歳ぐらいの色白の男が会釈をした。

「すまねえ。おまえさんは亀蔵と親しかったそうだな」

「はい、歳は離れているのですが、同郷のせいか親しみを感じてくれていたようです」

「亀蔵がここを辞めてどこに行ったか知らないか」

其角はきいた。

「ええ」

「知らないのか」

「はい」

「まさか、口止めされているのでは」

「いえ、違います」

磯吉が答えたとき、番頭が客のほうに行った。

磯吉は番頭の背中を見送り、

「じつは聞いています」

「そうか、番頭の前では言いづらかったのか」

其角は小声で言う。

「はい」

磯吉は頷いた。

「番頭は向こうに行った。教えてくれ」

「深川にある『西国屋』の寮で働いています」

「なに、『西国屋』の寮？」

「そうです」

「なぜ、亀蔵はそんなところで働くようになったんだ？『西国屋』はこの先にあるではないか」

「近所だから、たまに顔を合わせる『西国屋』のお方から誘われたそうです」

「『西国屋』の寮では言いづらいかもしれぬな。ところで、寮はどこにあるのか知っているか」

「入船町だと言っていました、洲崎弁天の近くだと」

磯吉は続けた。

「亀蔵さんは佃町の女郎屋にお気に入りの女がいるそうです。今度はそこに近いからと言ってました」

「わかった。邪魔をした」

其角が踵を返すと、

「亀蔵さんに会いに行くんですか」

と、磯吉が呼び止めた。

「うむ。そのつもりだ」

其角は振り返って言う。

「じゃあ、お会いしたら、磯吉がよろしく言っていたとお伝えください」

「わかった。伝えておく」

其角は『江差屋』をあとにし、そのまま日本橋川に沿って永代橋に向かった。

二

富岡八幡宮(とみおかはちまんぐう)の前を過ぎ、其角は入船町にやってきた。

洲崎の海岸に近いところに、ようやく『西国屋』の寮を見つけた。黒板塀で周囲を囲われた広い敷地に二階屋が見えた。

其角は勝手に門を入った。庭に箒(ほうき)を持って掃除している男がいた。三十半ばぐらいの小肥りの男だ。なんとなく暗い感じだ。亀蔵に違いない。

其角は近づいて行く。

亀蔵が気づいて手を休めこっちを見ていた。

そばに立ち、

「亀蔵さんだね」

と、其角はきいた。

「へえ」

「わしは宝井其角と言い、伊勢貞九郎の知り合いだ」

「……」

「おまえさん、貞九郎が死んだ日の夜、江戸橋で貞九郎を見たそうだな。思い詰めた顔で川を見ていたそうだが」

「なんでそんなことを？」

亀蔵は警戒ぎみにきいた。

「そのときの貞九郎の様子を知りたいのだ」

「巣鴨の旦那や金蔵親分に話していますから」

「知っている。だが、あのふたりは最初から貞九郎が自殺したと思い込んでいて、おまえさんの話を聞いているんだ。だが、わしは違う」

「違う？」

「わしは自殺だと思っていないってことだ。だから、わしが聞けば、また違った感想を持つだろう」

「……」

「話してくれ」

「話すも何も、貞九郎って人は橋の上で思い詰めた顔で川を見ていたんです。それだけですよ」

「あとで貞九郎が死んだと聞かされて、どう思ったんだね」

「やっぱり、川に飛びこんだのかと」

「自殺だと思ったというんだな」

「そうです。同心の旦那に話した以上のことは何にもありませんぜ」

「ちょっとわからねえんで確かめるんだが、おまえさん、そのときは『江差屋』で働いていたんだな」

「ええ」

「で、夜、ときたま深川に遊びに行って帰ってきたときに江戸橋に立っている貞九郎を見たんだったな」

「そうです」

「おかしいな」

「なにがですかえ」

「『江差屋』に帰るのに江戸橋は通らねえ。どうしてそのときは江戸橋のほうに行ったんだ？」

「小便ですよ。川に向かって小便をしていたら、江戸橋に男が立っているのが見えたんで」

「少し離れていないか」

「そうでもないですぜ」

「夜だ。暗かったんじゃないのか。月は出ていたのか」

「いえ。でも、星明かりで……」

「顔までわかったと言うのか」

「ええ」

「嘘だな」

「えっ」

「おまえさんは嘘をついている」

「冗談じゃねえ。どうして、嘘だと決めつけるんです？」

亀蔵は憤慨した。

「おまえさんは貞九郎を見てねえ」

「ばかばかしい。もう帰ってくれませんか。あっしは仕事中なんで」

「正直に言えば帰る」

「ふざけるな。ほんとうのことですぜ」

「もうひとつききたい。なんで、ここに移ったんだ？」

「俺の勝手でしょう」

「ここのほうが給金がいいか」

「そうです」

「それに遊びに行くのにも近いしな」

其角は笑ってから、

「ここは『西国屋』の寮だ。おまえさんをここに世話したのは『西国屋』に関わりある者ではないか。なぜ、そんな真似をしたのだ？」

「あんたには関係ねえ」

「おまえさん、知っているか。死んだ伊勢貞九郎は『西国屋』の主人と仕事で繋がっていたんだ」

「……」

「変だと思わないか。『西国屋』の知り合いの伊勢貞九郎が死んで、自殺だと言い張るおまえさんは『西国屋』の寮にいい給金で雇われた」

其角は亀蔵を睨みつけ、

「誰かに頼まれたに違いねえ。貞九郎が自殺したと思わせるように言えと。どうなんだ？」

と、迫った。

「違う」

「ひょっとして、橋の上には貞九郎ともうひとり男がいたんじゃないのか」

「帰れ。もう話すことはねえ。帰ってくれ」

亀蔵は大きな声を出した。

「なに興奮しているのだ。落ち着け」

「いい加減なことを言うからだ」

「きょうのところは帰る。だが、また来る」

「迷惑だ」

「いいか。人ひとりが殺されているんだ、よく考えるのだ」

厳しい顔を背けた亀蔵を睨みつけ、其角は引き上げた。


ふつか後、其角は再び『西国屋』の寮に行った。

門を勝手に入ると、年寄りが庭掃除をしていた。其角は声をかけた。年寄りが近づいてきた。

「何か用かえ」

「亀蔵に会いたいんだが」

「亀蔵はいねえ」

「出かけているのか」

「いや、辞めた」

「辞めた？　それはほんとうか」

「ああ、昨日出て行った」

「なぜだ？　ずいぶん急じゃねえか」

「急だが、別にこっちは困らねえ。どうしても必要だったわけじゃねえ。旦那さまの言いつけで住み込ませただけだ」

年寄りは突き放すように言う。

「やはり、主が無理やりここで働かせたってわけか」

「そうだ」

「亀蔵がどこに行ったか知らないだろうな」

「聞いているぜ」

「聞いている？　どこだ？」

「伊勢崎町だと言っていた。そこに知り合いがいるそうだ。仙台堀に面した町だ」

「なぜ、とっつあんに行き先を教えたのだ？」

「さあな」

「わかった。とっつあん、邪魔をした」

其角は寮を出た。

亀蔵は其角から逃げたのだ。自分の考えだけではないだろう。誰かに相談をし、逃げるように言われたのに違いない。

とりあえず、其角は仙台堀に向かった。

ふと、途中でつけられているような気がした。其角は振り返ったが、姿は見えなかった。だが、其角は思わずにやりとし、そのまま先を急いだ。

伊勢崎町にやってきた。長屋があったので、大家を訪ねた。

「昨日から住んでいる店子はいないかね」

其角はきいた。

「いません。うちは長く住んでいる者ばかりです」

実直そうな大家は答える。

「そうか」

其角は礼を言い、別の長屋に行った。

しかし、どこも昨日から住んでいる男はいなかった。さては、亀蔵の奴、いやがらせに嘘を言い残していたのかと、腹が立ってきた。

仙台堀を大川（おおかわ）のほうに歩きかけたとき、ふいに目の前にふたりの遊び人風の男が現われた。

「なんだ、おまえたちは？」

其角は怒鳴る。

「あるお人が呼んでいるんだ。ちょっと付き合ってくれねえか」

大柄ないかつい顔の男が言う。

「ある人とは誰だ？　亀蔵か」

其角は落ち着いてきいた。

「行けばわかる」

「よし、いいだろう」

其角は男について行った。

男たちは霊巌寺（れいがんじ）の脇の道を入り、裏に向かった。

「どこに連れて行くのだ？」

いつの間にか、後ろにもふたりの男が挟み打ちするように現われていた。

「すぐそこだ」

霊巌寺裏の雑木林に入った。鬱蒼（うっそう）として昼なのに薄暗い。

男たちは立ち止まった。

「誰もおらんではないか。それとも、どこかに隠れているのか」

其角は辺りを見まわした。

「ここなら邪魔は入らねえ」

男はにやついて言う。

「ちょっと痛めつけてやってくれと頼まれてな。命までとろうとはいわねえ。歩けねえように脚をちょっとな」

いかつい顔の男がにやついて言う。

「ご苦労なことだ。誰に頼まれたんだ？」

「そりゃ、言えねえな」

「亀蔵ではないのか」

「どうかな」

「いくらで頼まれた？」

「そんなこと言う必要はねえ」

そう言い、男は懐から匕首（あいくち）をとり出した。他の三人も匕首を構えた。

「そんな物騒なものをとり出して。おまえさん方、怪我でもしたら、どうするんだ？」

「自分の心配をするんだな」

男たちは迫った。

「ばかな真似はやめるんだ」

「二度と歩けねえように脚にこいつを突き刺すだけだ。変に逆らうと、間違って心ノ臓に突き刺さってしまうから気をつけるんだな」

「それはこっちの台詞だ」

其角は相変わらず落ち着いていた。

「じゃあ、行くぜ」

いかつい顔の男がひょいと匕首を突き出した。其角は後ろに下がった。また、匕首を突き出す。其角はまた後退った。後ろには、匕首を構えた仲間が待ち構えていた。

四方を取り囲まれ、其角は逃げ場を失った。二郎兵衛は何をもたもたしているのだと焦った。

『西国屋』の寮からつけてきたのは二郎兵衛だったはずだ。江戸座を出たときからこっそりつけてきたのだろう。

こんなときのためにつけてきたのだろうに。さっきの背後の気配は何だったのか。

其角はますます焦った。

大柄ないかつい顔の男が匕首を構えて迫った。左右と後ろにも敵だ。

其角は右にいる男に油断を見た。いきなり、その男に突進した。あっと男は叫んだ。男を突き飛ばし其角は走った。

「待ちやがれ」

男たちが追ってきた。たちまち、寺の裏塀に突き当たった。

「逃げられねえぜ」

いかつい顔の男が険しい顔で、

「観念するんだな」

と、匕首を構えた。

そのとき、

「待て」

と、鋭い声が聞こえた。

四人が一斉に振り返った。其角も男たちの向こうにふたりの男が立っているのを見た。

ひとりは浪人で、もうひとりは商人風の男だ。

「おまえたち、何者だ？」

浪人が問い質した。

「お侍さんたちには関係ねえ。とっとと失せてもらいましょう」

いかつい顔の男が言う。

「そうはいかぬ。ひとりを刃物を持った四人が襲うなんて尋常ではない。まず、匕首をしまえ」

「うるせえ」

他のひとりが匕首を振り回して浪人に迫った。

浪人は剣を抜き、匕首を弾いた。あっと遊び人風の男が叫んだ。匕首が宙に飛び、近くの樹に突き刺さった。

男たちは急に腰が引けた。

「ちっ」

いかつい顔の男は舌打ちして、いきなり逃げだした。三人はあわてて追いかける。

「危ういところをかたじけない」

其角は浪人に礼を言う。大柄で、彫りの深い顔だちだ。三十半ばか。

「いや。墓参りにきて、出くわしたのだ。何があったのだ？」

浪人がきいた。

「わからねえんで」

亀蔵に偽の証言をさせた男の指図だと思うが、はっきりした証があるわけではない。

「失礼ですが、お名前を教えてくださらぬか」

「深河三四郎と申す」

「やっぱり、其角先生でしたか。わしは宝井其角と言います」

連れの商人風の男が口をはさんだ。小肥りで丸顔、三十歳ぐらいか。

「私は泰吉と申します。其角先生のご高名は兼ねて」

「今の連中は其角先生と知って襲ったのか」

三四郎が厳しい顔をした。

「そうかもしれません」

其角はそのことは間違いないと思った。

通りに出て、三四郎と泰吉と別れ、其角は永代橋に向かった。

茅場町（かやばちょう）の江戸座に帰ると、二郎兵衛が飛び出してきた。

「先生、どこに行っていたんですか」

「どこに行っていたかではない」

いきなり、其角は怒りだした。

「わしはおまえがこっそりついてきてくれているものとばかり思っていたのだ。それなのに、肝心なときに……」

二郎兵衛が顔色を変え、

「ついてきている、とは何のことですか。黙って出て行ったので心配していたんですよ。それより、先生、何かあったんですね」

と、きいてきた。

「いや、別に」

「誰かに襲われたのですね」

「そんなことねえ」

其角はあわててとぼけた。

「じゃあ、どうして羽織の袖が切れているんですか」

「なに」

其角は驚いて袖を見た。綺麗に裂け目が入っていた。男を突き飛ばし、寺の裏塀に逃げたときに切られたたか。

「何があったのかちゃんと話してください」

二郎兵衛は一歩も引かないように迫った。

「わかった。着替えてからだ」

其角は逃げるように自分の部屋に入った。二郎兵衛はついてくる。

常着に着替えてから、

「その前に一杯呑ませてくれ」

と頼んで、あぐらをかいた。

二郎兵衛はすぐに湯呑みに酒を注いで戻ってきた。

「一杯だけですよ」

「うむ」

其角は一気に呑み干した。

「もう一杯だ」

「話をしてからです」

「うむ」

其角は顔をしかめたが、渋々話しはじめる。

「伊勢貞九郎が江戸橋で思い詰めた顔で立っているのを見たという男は、『江差屋』の下男の亀蔵という男だ」

その後、亀蔵は『西国屋』の寮の下男になり、さらに今はそこも辞めてと話し、

「わしから何者かが亀蔵を遠ざけたのだ」

と、口にする。

「で、先生はどうして襲われたのですか」

「そうだったな」

其角は頷きながら、

「亀蔵は伊勢崎町にいると言い残していたそうだ。だから、そこに行ったが、亀蔵が引っ越してきた形跡はなかった。諦めて引き上げかけたとき、四人のごろつきが現われ、霊巌寺の裏に連れて行かれた」

「なんでのこのこついていったのですか」

「わしはてっきり二郎兵衛があとをつけてきているとばかり思っていたんだ。だが、

今になって考えてみるとごろつきの一人だったのだろう」

「それで」

二郎兵衛は呆れたように溜め息をつき、先を促した。

「四人に襲われたが、危ういところを墓参りに来ていた浪人に助けられた」

「浪人さんですか。名は？」

「深河三四郎と言っていた」

「深河三四郎さまですか」

「三十半ばの彫りの深い顔だちだ。連れがいた。泰吉という商人風の男だ。そうだ。二郎兵衛、深河どのを捜してくれ。改めて礼を言いたい」

「わかりました。霊巌寺に墓参りにきているならそこから手掛かりが得られそうです」

「うむ、頼んだ」

「それより、亀蔵のことですが、なぜ隠すんですか」

二郎兵衛が改めてきいた。

「わからねえのか。亀蔵の証言で伊勢貞九郎は自殺に仕立てられたんだ。嘘の証言を強いた者がいるのだ」

二郎兵衛は黙って聞いていたが、

「なぜ、敵は亀蔵を選んだのでしょう」

と、疑問を口にした。

「たまたま、現場にいたのが亀蔵だったからだ。そうだとすると、亀蔵は貞九郎ともうひとりの男を見ていた可能性があるな」

其角は自分の言葉に頷き、

「亀蔵は思い詰めた顔で立っていたと自殺を仄めかす証言をしたばかりでなく、自殺を否定する事実をも隠したのだ」

と、叫んだ。

「おそらく、貞九郎といっしょにいた男こそ、貞九郎がときたま宿を抜け出して会っていた男だ。その男が貞九郎を殺し、亀蔵に嘘の証言をさせたのだ」

「そうだとすれば、先生の前から亀蔵を隠す訳がわかります」

二郎兵衛も厳しい顔で言う。

「だから、亀蔵を見つけたいのだ」

「先生」

二郎兵衛が不安そうに、

「敵は先生の襲撃に失敗しました。もう一度、襲ってくると思いますか」

「襲ってくるだろう」

「それよりは亀蔵がいなくなれば後顧の憂いはなくなりますよ」

「なに」

「亀蔵はもともとの仲間ではないんでしょう。だったら何も先生を襲わなくても亀蔵がいなくなれば……」

「……」

其角は唖然とした。

「そのとおりだ。亀蔵が危ない」

其角は立ち上がった。

「先生、どうするんです?」

「亀蔵を見つけなければ……」

「どうやって捜すんですか」

「うむ」

呻(うめ)いて、其角は腰を下ろした。

「巣鴨の旦那の手を借りたらいかがですか」

二郎兵衛が意見を出した。

「巣鴨なんかだめだ。同じ穴の狢だ」

「でも、牽制にはなるんじゃありませんか。亀蔵が口封じのために殺されるかもしれないと訴えておけば、かえって敵は亀蔵に手が出せないんじゃないですか。ほんとうに殺されたら、貞九郎さんが自殺でないことを知っていた証になるではありませんか」

「少しは牽制になるな」

其角はかっと目を見開き、

「二郎兵衛、巣鴨を捜してくれ。自身番をきいてまわればどこにいるかわかるはずだ」

と、訴えた。

「わかりました」

「いや、『西国屋』の主人にも話しておいたほうがいいな。『西国屋』にこっちの手の内を晒すことになってしまうが」

そう言い、其角は外出の支度をした。

二郎兵衛といっしょに江戸座を出て、江戸橋を渡ったところで別れ、其角は小網町二丁目にある『西国屋』に向かった。

三

『西国屋』の主人京三郎は、羽織姿で店先から駕籠に乗るところだった。其角は引き止めた。

「ひとひとりの命がかかっている。すぐ終わるから話を聞いてもらいたい」

其角は強引に言う。

「ひとひとりの命ですと。ちと大仰な」

西国屋は苦笑した。

「いや、大仰ではない。亀蔵の命だ」

「……」

西国屋は笑みを引っ込めた。

「どういうことですか」

「ここでいいなら話すが」

「いや、座敷で」

西国屋は駕籠かきに少し待つように言い、其角を伴い座敷に上がって奥に向かった。

客間で差し向かいになる。

「どのようなことでしょうか」

「亀蔵を知っているな」

「いえ」

西国屋は首を横に振った。

「知らない？」

「はい」

「そんなはずはない。『西国屋』の寮でも数日間だけ働いていたんだ」

「私は下男のことまで知りません」

「下男だなんて言っていないが」

「寮で働いていると言えば、下男しかいませんから」

一瞬の間を置いて、西国屋は言い訳をした。

「まあ、いい」

其角はそのことは追及せず、

「亀蔵は、伊勢貞九郎が江戸橋で思い詰めた顔で立っていたのを見たと証言した男だ。これによって、貞九郎の自殺が決定的になったと言ってもいい」

と言い、さらに続けた。

「亀蔵はその後、『江差屋』から『西国屋』の寮の下男に奉公を変えた。『西国屋』の誰かから誘われたそうだ。給金がいいそうだ。なぜ、貞九郎を江戸橋で見たという男に誘いをかけたのだ?」

「私は知りません」

「わしは亀蔵に会いに行った。話をきいたが、亀蔵の返答はしどろもどろだった。そして、今朝、もう一度訪ねたら、亀蔵は辞めたという。おかしいと思わぬか」

「さあ」

西国屋はとぼけて首を傾げる。

「亀蔵は偽証を迫った男に相談したのだ。男は亀蔵がわしにほんとうのことをぽろりと口にしてしまうかもしれないと危惧し、亀蔵を別の場所に移したのだ」

「それは其角先生の想像では?」

「わしは亀蔵を訪ねた帰り、ごろつきに襲われたんだ。わしへの襲撃に失敗した今、今度は亀蔵の口を封じようとするのではないかと心配しているのだ」

「その者がそんな大事なことを隠していると仰るのですか」

「そうだ。亀蔵は単に偽りの証言をしただけでない。おそらく、亀蔵は江戸橋で貞九郎ともうひとりの男がいっしょにいるところを見ていたのだ」

「……」

「だから、奴らにとっては、亀蔵は危険な存在なんだ」

「よくわかりませんな」

西国屋は首をひねった。

「何がだ？」

「伊勢貞九郎は自分で死んだんですよ。千秋楽を待たずに自分が書いた芝居が突然打ち切りになったんです。かなり打ちのめされたのでしょう」

「違うな」

其角は即座に否定した。

「芝居が出来上がったころから貞九郎はあまり元気がなかったそうだ。良心が咎めたからだ。芝居の突然の打ち切りは死んだ理由にはならない」

「……」

「このままなら亀蔵は殺されてしまう。貞九郎を殺したのと同じ人物にな」

「殺されなかったら、先生の見方が誤っていたということで？」

「いや、亀蔵は根っからの悪人ではない。良心の呵責（かしゃく）にいつか耐えられなくなるはずだ。わしか亀蔵、どちらかが邪魔に違いない」

其角は言い切ってから、

「ともかく、亀蔵の口封じなどせぬように」

と言って、腰を上げた。

「邪魔をした」

「お待ちください」

西国屋が呼び止めた。

「貞九郎の良心が咎めた、とはなんですね」

「芝居の内容だ。あまりにも浅野内匠頭と吉良上野介を悪く書いている」

「それは作り物ですからどう描こうと自由なのでは？」

「現実に起きたことを芝居にしているのだ。客も芝居と現実を混同するのではないか」

其角は間を置き、

「貞九郎は、ほんとうはもっと別の視点で書きたかったのだ。だが、誰かの指図で、あのように浅野と吉良に確執があり、そのことで刃傷に及んだという内容にした。それは、貞九郎の本意ではなかったのだ。そのことで、悩んでいたのだ」

「……」

「指図をしたのは西国屋さんじゃないのか」

「ご冗談でしょう。私は事件当時、松の廊下にどのような大名がいたかなどを聞き出し、貞九郎に教えていただけです」

「浅野を吝嗇に、吉良を強欲に描くようにおまえさんが指図をしたのではないかとわしは思っているんだが」

「とんでもない」

西国屋は否定する。

「では、なぜ亀蔵を『西国屋』の寮で雇ったのだ？」

「それは私の知らないこと」

「なに、おまえさんを無視して、勝手に奉公人を雇ったり出来る者がいるのか、それは誰だ？」

「それは……」

「答えられないだろう」

「亀蔵の新しい住まいはどこか知っているのではないか」

「知りませんよ」

「まあ、きいても言わんだろうとわかっていた。これも答えないだろうが、きいておく。なぜ、あの芝居の金主になったのだ？」

「以前も申し上げましたが、刃傷沙汰を芝居にすれば大当たりをとるという手応えがありましたからね」

「金主は西国屋だけだそうではないか」

「ええ」

「以前、他にもいると言っていたが？」

「自分だけ儲けようとしていると思われたくないのでそう言いました」

「ほんとうは柳沢さまからの指示だったのではないか」

「そんなことありません」

「いや、わしはそう睨んでいる。柳沢さまの指示どおりに貞九郎に芝居を書かせた。浅野を吝嗇に吉良を強欲に、だ」

「あれは貞九郎さんが考えたことですから」

「……」

「いや、違う」

其角はきっぱり言い、

「あの芝居は、刃傷沙汰の真相を浅野内匠頭と吉良上野介の確執がもとで起こったものと世間に印象づけるためにやったことだ」

「それはとんだお見立て違いでございます」

「いや、違わない。浅野内匠頭が乱心だったことを隠すためだ。将軍綱吉公は刃傷のあと、ろくに取り調べもせずに内匠頭を即日切腹、浅野家断絶を決した。柳沢さまは、このことの非難が綱吉公に集まることを恐れ、遺恨によるものとし、乱心である痕跡を消すために躍起になっていた。その流れに、あの芝居があったのだ」

西国屋と話しているうちに其角は興奮してきた。

「あの芝居がはじまってしばらくして吉良が襲われるという事件があった。襲ったのは浅野の家来と見られていた。貞九郎は芝居のせいでよけいな争いを引き起こしたのではないかと胸を痛めたのだ。あるいは、貞九郎はおまえさんの意図に気づいたのか。それで、貞九郎はおまえさんに相談した。このままでは貞九郎は真実を暴露する危険がある。おまえさんは、そこで」

「ばかな。私が貞九郎を殺したとでも言うのですか」

「いや、おまえさんの下で動き回っている男がいたのだ。自責の念で苦しんでいた貞九郎は夜に宿を抜け出て、その男に会っていた」

「たくましい想像ですな」

西国屋は顔をしかめた。

「その男が貞九郎を殺し、亀蔵に嘘の証言をさせ、その見返りに給金のいい『西国屋』の寮で働くように世話をしたのだ。そして、その男がごろつきを雇ってわしを襲わせた」

「そんなことを仰るのは其角先生だけですな」

「その男はおそらく柳沢さまの手の者だろう」

「其角先生」

西国屋は厳しい表情で、

「貞九郎は自殺と奉行所でも認めているのです。其角先生の今の話を誰が信じるでしょうか」

「同心の巣鴨も柳沢さまの言いなりだ」

其角は吐き捨て、

「亀蔵が正直に話せば、事態は一変する。だから、亀蔵の身を心配しているのだ。

その男に言っておけ。亀蔵に手を出すなと」

と言い、其角は立ち上がった。


『西国屋』から茅場町の江戸座に帰ると、二郎兵衛が出てきて、

「巣鴨の旦那と金蔵親分が来ています」

と、言った。

「向こうからやってきたのか」

其角は客間に急いだ。

襖を開けると、巣鴨と金蔵が待っていた。

「二郎兵衛から聞いたが、亀蔵のことで何か言いたいことがあるそうだな」

巣鴨が切りだした。

「そうだ。亀蔵はある男に頼まれて、貞九郎について偽りの証言をしたのだ」

其角は西国屋に話したとおりのことを口にした。

「その男はまたも亀蔵をどこかに隠した。その上で、わしを襲わせた。だが、失敗した。だから、今度は亀蔵の口を封じようとするかもしれないのだ」

「何を寝ぼけたことを」

巣鴨は冷笑を浮かべた。

「もし、亀蔵が殺されたらどうする？」

「そんな仮定の話に付き合えるか」

「先生」

金蔵が口元を歪めて、

「貞九郎は自ら川に飛び込んだんですぜ」

と、其角を睨みつけた。

「違う、殺されたのだ。亀蔵は貞九郎がある男といっしょに江戸橋のほうに歩いて行くのを見ていたのだ」

「亀蔵はそんなことは言ってませんぜ」

「嘘をつくように言い含められたのだ」

「あれは自殺だ」

巣鴨が眉根を寄せて言う。

「自殺じゃねえ」

其角は声を荒らげた。

「後頭部の傷をなんと説明するんだ？」

「飛びこんだとき、橋桁（はしげた）か流れてきた丸太に打ち付けたのだろう。あるいは舟の櫂が当たったのかもしれない」

「そんな傷ではない」

其角は言ったあとで、

「そんなことより亀蔵のことだ。亀蔵が今どこにいるか知っているのか」

と、きいた。

「知らぬ」

「大事な証人の居場所を知らないのか」

「もう済んだ一件だ」

「ともかく、亀蔵を見つけて保護するんだ」

其角はさらに語気を荒らげ、

「いいか。亀蔵が殺されたらおまえさん方の責任だ」

「はっきり言っておく。貞九郎は自殺だ。それに、俺たちはいま吉良さまが襲われた件を探索しているのだ。先日も襲われた」

「先日も？　二度目っていうことか」

「そうだ。やはり、乗り物に襲い掛かった。前回同様、賊は三人だ」

「何かわかったのか」

「浅野の浪人に目をつけている」

巣鴨があっさり口にした。

「浅野の浪人？　誰だ？」

「不破数右衛門だ」

「どうして不破どのが？」

「芝居を観ていて、ひとりの浪人が今にも舞台に駆け上がり、敵役の役者に襲いかからんばかりだったと、後ろの席で見物していた職人が言っていた。その浪人がわかった。不破数右衛門だ」

巣鴨は皮肉そうに口元を歪め、

「あの男は山村座の芝居を観て、吉良さまに対して怒りが増したようだ」

と、言い切った。

「それだけで、決めつけたのか」

「それだけではない。吉良さまの屋敷の近くで目撃されている。本人に確かめたが、返答が要領を得ない」

「……」

「襲撃は三人だ。あとふたりが見つからないので、不破数右衛門をまだ捕まえられずにいるが、いずれ残りのふたりもわかるはずだ」

「吉良さまの警護の侍は、襲ってきた賊の特徴をなんと言っているのだ？」

「ひとりは大柄で剣の腕が立ったそうだ。特徴は不破数右衛門に似ている」

「ばかな」

「いずれはっきりする」

「そんなことより、亀蔵を捜してくれ」

其角は迫った。

「無駄なことよ」

巣鴨は顔をしかめ、呟くように言った。

「もし、亀蔵が殺されたら、おまえさん方もその一味とみなす」

其角は憤然と言う。

ふたりが引き上げたあと、其角は外出の支度をした。

「先生、どちらに？」

二郎兵衛が声をかけた。

「不破どののところだ」

「私もごいっしょします」

「心配ない。だいじょうぶだ」

「でも、昼間は外出されているかもしれませんよ。明日の朝のほうがいいんじゃないですか」

「そうだな」

其角は素直に応じたが、

「じゃあ、ちょっと他のところに顔を出してくる」

と、出かける気になっていた。

「どこに？」

「人形町通りだ」

「女のところですか」

「呑み屋だ。ついてこなくていい」

其角は出かけて行った。


人形町通りに入る。『おそめ』はまだ暖簾は出ていない。

戸を開けて、呼びかける。

「ごめんよ」

　何度か呼びかけて、やっと奥から手ぬぐいで手を拭きながらおそめが出てきた。

仕込みの最中か。

「まあ、先生」

　富士額の色っぽいおそめは顔を上気させて、

「あれからお見限りなんですから」

　と、其角の手を握ってきた。

「ちょっと休ませてもらっていいか」

「もちろんですと言いたいんですけど」

　おそめは困惑している。

「どうした？」

「ええ」

　おそめは目を二階に向けた。

「誰か来ているのか」

　そう言ったあとで、其角は思わずにやりとした。

「佐助か」

「はい」

「何をしているんだ？」

「私の手が空くのを待っているんです」

おそめは迷惑そうに言う。

「そうだ、先生が顔を出したら引き上げるかも。そうしてくださいな」

「よし」

其角は階段を上がって二階に行った。

障子を開けると、佐助がひとりで酒を呑んでいた。

「あっ、あんたは」

色白の顔が強張った。

「こんなところで何をしているんだ？」

「見ればわかるだろう」

「まだ店ははじまってない。女将を待っているのか」

其角は腰を下ろした。

「わからねえ」

佐助はぼやくように吐き捨てた。

「なにがわからねえんだ」

「女だ」

佐助は顔を歪め、

「どうして、おまえさんみたいな禿頭で小肥りの中年男に惚れるのか」

と、言って酒を呷（あお）った。

「さあ、退散しよう」

佐助は立ち上がった。

「なんだ、もう行くのか」

「あんたが現われたんじゃ、俺に勝ち目はないからな」

「悪いことをしたな」

「ちっ」

佐助は舌打ちした。

部屋を出て行きかけたが、ふと佐助は立ち止まった。

「この前、伊勢貞九郎が誰と会っていたか、どこに行こうとしていたかわからないかときいていましたね」

「うむ。それが？」

「伊勢町堀の塩河岸の辺りでひとりでいたのを見たって言いましたが、あのあと、思い出したことがあったんだ」

「なんだそれは？」

「ただで教えろって言うんですかえ」

佐助は部屋に留(とど)まって言う。

「なにが望みだ？」

「たいしたことじゃねえ。ここから退散してくれればいい」

「なんだと」

「そうすれば、私は女将とふたりきりになれる。二度と顔を出さなければなおいい」

「ばか言うな」

「そうですか。じゃあ、私はこのまま引き上げます」

佐助は立ち上がった。

「どうせたいした話ではないくせに」

其角は吐き捨てた。

「塩河岸で見かけた日以外にも貞九郎を別なところで見たんですがね、知りたくなければ結構。じゃあ、私は」

佐助は出て行こうとした。

ちくしょう、へんな条件を出しやがってと、其角は腹立たしくなった。

「待て」

其角は呼び止めた。

「退散しますかえ」

「いや、わしは女をとる」

其角ははっきり言った。

「そうですかえ。じゃあ」

佐助は不快そうに顔を歪めて部屋を出ていった。

どうせ、はったりだ。とはいえ、気になった。貞九郎を別なところで見たという。

貞九郎が出向くとすれば『西国屋』だが……。

『西国屋』だとしたら、なぜ夜に行くのか。

階段を上がる足音がした。

女将が障子を開けて、

「先生、佐助さんが下でぐずぐずしています」

と、困ったように言う。

「ちっ。情けない男だ」

其角は立ち上がった。

階段を下りると、佐助が酒を呑みながらぶつぶつ言っていた。

「佐助」

其角は声をかけた。

「なんですね」

「ちょっと外に出よう」

其角は佐助を外に連れ出す。

人気のない路地で、其角は口を開いた。

「さっきの話だ。退散するから教えてくれ」

「ほんとうか」

「ああ」

「二度と女将の前に現われないか」

「今日だけだ」

「……」

「話さないなら女将のところに戻る」

「待て、言うよ」

佐助はあわてて、

「『西国屋』の近くで見た」

「『西国屋』の近くか。ひとりだったか」

「そうだ、ひとりだ」

「『西国屋』から出て来たかどうかはわからないか」

「そこまではわからねえ。話したんだ。このまま引き上げてくれ」

「わかった。ただ、忠告しておくが、おまえさんのような若造にはあの女将は荷が重いぜ」

「よけいなお世話だ」

「そうか。じゃあ、頑張れ」

其角はちょっぴり後悔しながら引き上げた。

四

翌日、江戸座を明け六つ（午前六時）前に出た。

犬の吠える声が聞こえた。

最近、近くの足袋問屋が白犬を飼いはじめ、其角が店の前を通ると、朝だろうと夜中だろうとキャンキャンキャンと甲高い声で鳴く。他の者が通っても鳴かないのに、其角にだけ吠えるのだ。その犬に会うと、尾っぽを勢いよく振り、其角に懐いてくる。

近所からは「眠れないじゃやねえか」と何度も注意されたそうだが、いくら躾けても直らないそうだ。二郎兵衛が其角の代わりに謝って回ったおかげで、今では足袋問屋へ文句を言いに来る者はいない。だが、心のうちではうるさく思っているのだろうと考えると、さすがの其角も心苦しくなる。

犬の声を聞きながら、楓川を渡る。笊いっぱいに品物を載せた棒手振りたちがせわしなく行き交っていた。いつもの野菜売りの姿を探したが、見当たらなかった。

東海道を進み、芝神明町の不破数右衛門が住む長屋に着くと、ちょうど不破が木戸から出てきて、ばったり会った。

不破は足を止め、驚いたように目を見開いてから、

「もしや、拙者を訪ねて？」

と、きいた。

「そうです。ちょうどよかった」

其角は頷く。

木戸から誰か出てきたので、ふたりは端に寄った。

「何か」

「同心の巣鴨が疑っているようですね」

其角は切り出した。

不破は苦い顔で頷いた。

「そうです。あの同心は吉良を襲ったのは赤穂の者だと思っているのです」

「そのようですね」

「拙者も堀部どのや片岡（かたおか）さまの仕業ではないかと疑ったこともあります。しかし、先日も申した通り、堀部どのが道中で襲うとは考えられず、また片岡さまが少数で襲うというのも考えにくいでしょう」

其角は口を開きかけたが、不破は続けた。

「しかし、巣鴨は拙者が堀部どのたちといっしょに襲ったと睨んでいるようです。拙者が、家中を退いていても、亡き浅野内匠頭さまを今でもお慕いしていることを知っているのです」

と、不破が目を微かに赤くして言う。

「不破どの」

其角は間を置けてから、

「巣鴨は芝居のことを言っていましたが」

不破は少し困ったように頷き、

「実はあの芝居をひとりで観に行きました。本当は後ろの席で観るはずが、何かの手違いで舞台に一番近いところに通されまして。それが悪かったのか、吉良上野介に扮する役者が我が殿をなぶり倒す場面になった時、思わずかっとなって舞台に上がりそうになりました。くっ、そこを誰かに見られて、巣鴨の耳に入ったのでしょう。だから、吉良が襲われたことを拙者の仕業だと思ったのだと思います」

と、重たい声で語った。

当然、不破と其角が親しいことも巣鴨は調べ上げているのだろう。

「拙者は吉良を襲ってなどおりません」

「わかっています」

其角は言ってから、

「巣鴨はこんなことを言っていました。不破どのが吉良さまの屋敷近くにいたのを目撃されていると」

「それは」

不破は言いさした。

「なんでござるか」

「じつは、一度気になって堀部どののあとをつけたことがあるのです。そしたら吉良さまのお屋敷近くで見失って」

「堀部さまが吉良さまの屋敷近くに？」

其角は日比谷御門でのことを思い出した。

「で、そのことを堀部さまは何と言っているのですか」

「たまたま近くを通っただけだと。何かを隠しているようでしたが、それが何かはわかりません」

「そうですか」

「それより、吉良の屋敷に妙な男が」

不破が声をひそめた。

「妙な男？」

「ええ、いつぞや先生が吉原の帰り、荒川平八（あらかわへいはち）という浪人に襲われたことがありましたね」

「それが？」

「そのとき、荒川平八といっしょにいた浪人を覚えていますか」

「南郷伴三郎ですね」

「そうです。吉良の屋敷から南郷が出てきました」

「南郷が？」

其角は思い出した。あのとき、荒川平八といっしょにいた南郷を見て、不破が怪訝そうな顔をしていたのだ。

「不破どのは南郷とは何か関わりが？」

「あの者は、山鹿素行（やまがそこう）さまの内弟子でした」

「山鹿素行？」

山鹿素行は儒学者であり軍学者である。一時、赤穂浅野家に奉職したことがある。

「堀部さまは日比谷御門で吉良さまの乗り物のあとをつけていました。ひょっとして、堀部さまは南郷ではないかと気になって確かめようとしたのでしょうか」

「でも、なんのために」

不破は首をひねった。

其角は堀部の動きが気になったが、

「ところで、あの芝居を書いた伊勢貞九郎が死んだことをご存じですか」

と、話を変えた。

「死んだ？」

「そういうことになっていますが、わしは殺されたと思っています」

「誰が？」

「柳沢さまがこの件の黒幕であるのなら、納得がいくのですが……」

「お待ちを」

不破が鋭い目で辺りを睨む。

「気配が」

不破が低い声で言う。

目だけを動かして周囲を確かめたが、立ち止まって話を聞いている者の姿はない。

心配し過ぎではないかと思ったが、不破が「私の部屋に」と、誘った。

ふたりは不破の暮らす部屋へ行った。

不破が腰高障子をきっちりしめてから、

「作者の伊勢貞九郎というのは、先生と親しかったのですか」

「いいえ、一度しか会ったことはありません。しかし、あの刃傷沙汰の芝居のことで話したときに、何か心に鬱屈したものがあるように感じられたんです」

「それはなんでしょうか」

「あの芝居は」

其角は言いかけたが、喉まで出ていたあとの言葉を飲み込んだ。「浅野さまが乱心で吉良さまに襲い掛かったのを遺恨にすり替えるために」と言おうとしたのだ。

だが、内匠頭の乱心を、不破は認めないだろう。

不破だけでない。浅野の家臣は皆、怨恨だと信じて、吉良のことを心底恨んでいるような節が見えた。

不破は前のめりになりながら、

「あの芝居は？」

と、先を促した。

「実際に起こった出来事と芝居では違います。もしかしたら、貞九郎はもっと別な作品を作りたかったのではなかったのかと感じました」

これは本当にそう思った。だからこそ、貞九郎が命を落とした日に、紀伊國屋文左衛門との呑みの席に呼んで、真相を確かめようとした。

「それで、柳沢さまが黒幕というのは、どういうことですか」

不破が再び声を潜めた。

「あの芝居を中止にさせたり、伊勢貞九郎が死んで喜ぶのが誰かと考えたんです。吉良さま、浅野さまのどちらも悪く描かれていますが、吉良さまは襲われていますし、赤穂では御家再興のために動いているという噂も聞き、それに水を差すようなことはしないだろうと。それに、赤穂の方がいくら働きかけても、芝居を中止できるほどの力はないと思うのです。ですから、どちら方でも納得できません」

其角は言い切る。

「あの芝居では幕府や柳沢さまのことを悪くは描いておりませぬが」

不破が疑問を口にした。

「ええ。だから、そこが引っかかって。それに、巣鴨は柳沢さまの手先のようなものです。あいつが動いているということは、柳沢さまが絡んでいるのかと」

其角が決め込んだ。不破は黙って、考え込んだ。

しばらく沈黙が続く。

不破の住む裏長屋を出てから、両国矢倉米沢町の堀部の住まいへ向かった。不破に誰かに尾けられているかもしれないから気を付けるように言われていた。そう言われると、道行く誰もが怪しく感じてしまう。わざと遠回りして行った。

堀部の裏長屋へ行ったが、出かけていて留守だった。

井戸端で腰を下ろして洗濯をしているおかみさんがいたので、

「ちょっといいか」

と、近づいた。

「ええ」

おかみさんは手を止めて、顔を上げた。

「あそこに住んでいる侍のことなんだが」

其角が堀部の家を指した。

「いつも何時くらいに戻ってくるんだ？」

「日によって、まちまちです。昨日なんかは一日中家にいらしたようですが、夜中にお侍さんがふたりやって来て、朝まで過ごしていました。それから、明け六つ(午前六時)くらいには出かけて行きましたよ」

其角の脳裏に、以前ここに来た時、長屋木戸で出くわした屈強な体つきのふたりの浪人の姿が浮かんだ。

「そのふたりはここにはよく来ているのか」

「ええ、しょっちゅう」

「ふたり以外の侍は来たりしねえのか」

「見えませんね」

おかみさんが答えたが、

「あっ、そうそう。いつぞや、お侍さんじゃないですけど、訪ねてきた人がいましたよ」

と、思い出して言う。

「どういう奴だったんだ」

「遊び人風の若い男でした」

「それで、そいつはどうしたんだ」

「また来ると言って去っていきましたが、それっきり……」

「そいつの顔をよく覚えているか」

其角は念のためにきいた。

「面長で、瞼の薄い、切れ長の目で、割と好い顔をしていましたよ。背も高くて」

おかみさんは、自分より頭一つ分上のところに手をかざして、教えてくれた。

(遊び人風の若い男……)

其角は心の中で呟いた。


昼から一刻(約二時間)ばかり木挽町の料理茶屋で俳諧の会があり、其角は二郎兵衛を伴い出かけた。

商家の旦那衆たちの顔ぶれであった。それが終わってから、再び両国の堀部の長屋にやってきた。二郎兵衛もついてきた。

堀部の部屋の腰高障子を開けた。

堀部が上がり框に腰を下ろし、足を濯いでいた。今、帰ってきたところのようだ。

「堀部さま」

「先生、どうされたのですか」

驚いたような顔を向けた。

「ちょっとおききしたいことがありましてね」

「どうぞ、お上がりください」

濯ぎの桶を片付け、堀部は先に部屋に上がって言う。

「いや、ここで」

其角は上がり框に腰を下ろした。

「堀部さま。吉良さま襲撃の件で不破どのも疑われているようです」

「今度は不破か」

堀部は口元を歪めた。

「堀部さまは先日、日比谷御門で吉良さまの乗り物をつけておられた。何をしていたのですか」

「別につけていたわけではない」

「じつはあのとき、吉良さまの警護の侍のひとりに見覚えがあったのです。やっと思い出しました。南郷伴三郎という侍だったと」

其角は続けた。

「堀部さまは南郷伴三郎を知っていますか」

「聞いたことがあるような気もしますが」

堀部は首を傾げた。何かを隠していると、其角は思った。だが、そのことは追及せず、

「いずれにしても、巣鴨は堀部さまのことを徹底的に調べているようです。何か揉め事などを起こしたら、それを理由に捕まえられて、吉良さまを襲ったことについても口を割らせようと企んでいるかもしれません」

堀部はしばらく無言で考え込んでいた。そして、意を決したように口を開いた。

「拙者、じつは上屋敷の長屋からの引っ越しの最中に、短刀を失くしているのです。刀工、銀八のものです」

「なんですって」

「では、堀部さまの短刀を拾った者がわかれば、そこから辿(たど)って吉良さまを襲った者もわかるかもしれません」

其角は厳しい顔で、言い聞かせた。

「確かにそうですが」

「上屋敷で引っ越しの最中に落としたことには間違いございませんか」

其角は確かめた。

「ええ、間違いありません」

堀部は、はっきりと言った。

「その時は赤穂の方々しかいなかったのですか」

「いえ、今まで浅野家に出入りしていた商人や浅野家に縁のある者たちも手伝ってくれました」

「そのひとたちの中の誰かが拾ったのかもしれません」

「そういえば、見知らぬ男がいた。道具屋です」

ふと思い出したように、堀部は言う。

「道具屋ですか」

其角はきき返す。

「はい、そうです。ご家老の藤井(ふじい)さまが連れて来ました」

堀部は軽く膝を叩いた。

「もしかしたら、道具屋が引き取った家財の中に短刀が入っていたかも」

堀部は頷きながら、

「藤井さまは大石さまに次ぐ上席家老です。赤穂には家老が四人おりまして、大石内蔵助さま、藤井又左衛門(またざえもん)さま、安井彦右衛門(やすいひこえもん)さま、大野九郎兵衛(おおのくろうべえ)さまです。大石さまは常に赤穂におりまして、安井さまは常に江戸におりますが、藤井さまと大野さまは交代で赤穂と江戸を行き来していました」

と、説明した。

「では、藤井さまに聞けば、その道具屋が誰なのかわかりますね」

其角は確かめた。

「ええ」

「では、明日にでも確かめてきます」

其角が言った。

「それなら、拙者が」

堀部が体を乗り出すが、

「お待ちください」

と、其角は止めた。

「万が一、藤井さまの仕業の場合、堀部さまはいない方がいいかもしれません」

「まさか、あの藤井さまが拙者を陥れるようなことは……」

「念には念を入れた方がよろしいかと思います」

其角は厳しい口調で言うと、

「そうですな。先生にお任せ致します」

堀部は頭を下げてから、

「藤井さまは、築地飯田町（つきじいいだちょう）の『大隅屋（おおすみや）』という商家で、安井さまや用人の石槽勘（いしふねかん）

左衛門どの、藩大目付の早川宗助どのと暮らしていると聞きます」

と、教えてくれた。

五

翌朝、どんよりとした雲に、烏の群れがどこからともなく上空に現われ、北へ向かって飛んでいった。

赤穂の者の仕業であれば、これから訪ねる藤井や安井といった家老が何か手掛かりになることを知っているかもしれない。

其角は朝餉を済ませ、江戸座を出て、築地飯田町の『大隅屋』へ向かった。

『大隅屋』は前川忠太夫邸と同じくらい大きな敷地であった。土間に入ると、帳場で算盤を弾いている四十過ぎの細面の男が店の者たちに指示を飛ばしていた。

二十歳くらいの小柄な手代風の男が其角に近づいてきて、

「いらっしゃいまし。どんな御用で？」

と、腰を低くしてきいた。

「わしは俳人の宝井其角って者だ。ここに赤穂藩の藤井又左衛門さまが暮らしていると聞いて、やって来たんだ」

其角は言った。

「少々お待ちください」

手代は引き下がり、帳場に向かった。算盤を弾いている男に耳打ちすると、その男が土間にやって来て、

「私がこの店の主です。其角先生の御高名はかねてからお聞きしておりますが、どのような御用件でしょうか」

と、どこか警戒する目つきできいた。

「堀部安兵衛さまから頼まれた」

「堀部さまですか」

旦那は考えるような目つきでどこか一点を見つめた。

どこからか視線を感じると思い、辺りを見渡すと、廊下の奥で頭のはちが張っている武士が、ぎょろっとした目で其角の方をじっと見ていた。

其角と目が合うと、その武士が近づいて来た。

「藤井どのはいま出かけている。よければ、話を聞かせてもらえないか」

「えーと、どちらさまで？」

「浅野家江戸家老の安井彦右衛門だ」

「あなたが安井さまでしたか」

「主、あの部屋を使わせてもらってもいいか」

安井が廊下の突き当たりを指す。

「どうぞ、お使いください」

其角は安井に客間に案内された。

「宝井其角先生でしたな」

安井が確かめる。

「左様にございます」

「大高源吾から先生のことは聞いたことがある。俳諧を通じて、かなり顔が広いとか」

「お陰様で」

其角は軽く頭を下げ、

「上屋敷を引き払われた後、藤井さまたちとこちらでお暮らしになっているのですか」

と、確かめた。

「新しい仕官先が見つかるまで住まわせてもらっている」

「浅野大学さまを立てて、御家再興をするという話をお聞きしましたが。巷では、吉良さまに仇討ちをするとの噂が流れていますが」

其角は探りを入れた。

「御家再興は見込みがないのに、大石どのが勝手に動いているだけだし、仇討ちなどは堀部安兵衛たち数名が喚いているだけだ。ああいうのがいると、これからの私の仕官にも分が悪くなるから本当に迷惑だ」

安井は嫌な顔をして答えた。

「てっきり、浅野家のご家来方は主君の仇を討とうと躍起になっているものとばかり思っておりました」

「いや、あれは殿も悪い。よりによって、大事な時に刃傷なぞ、とんでもない話だ。私ら家来のことを微塵も考えておらぬ」

安井は恨むように言ってから、

「それに堀部には参ったものだ。あいつさえいなければ」

と、溜め息をつく。

「そんなに仇討ちを考えているのが許せないのですか」

其角はきいた。

「断じて許せぬ。もう戦（いくさ）の世も終わって、御家のために尽くすという世の中ではない」

「藤井さまも同じですか」

「そうだ。藤井どのも私も、取り立ててくれるところであれば、どこにでも仕えるつもりだ」

安井は言ってから、

「で、藤井どのに話とは？」

と、きいた。

「上屋敷から立ち退かれるときのことですが」

其角が切り出したとき、廊下から足音が聞こえてきて、

「失礼致します。藤井さまがお帰りです」

と、襖の向こうから声がした。

安井は立ち上がり、

「では、私はこれで」

と、客間を出て行った。

しばらくして、四十くらいの武士が入って来た。口の引き締まったきつい顔で、いかにも度胸のありそうな面持ちであった。

「其角先生ですか」

藤井は丁寧な言葉遣いできく。安井とはまるで違う態度に驚きながら、「其角でございます」と答えた。

藤井は其角の前に腰を下ろし、

「先ほど、安井さまから浅野家再興は大石さまが勝手に動いているだけで、仇討ちは堀部さまが喚いているだけだと聞きましたが」

「安井どのがそんなことを言いましたか。まあ、安井どのの気持ちもわからなくはありません。私は何が赤穂の藩士にとって最善なのか考えているところです」

藤井は落ち着いた声で答え、

「先生は堀部から何か相談されましたか」

と、きいてきた。

其角は一瞬戸惑ってから、

「相談ではありませんが、吉良さまを襲ったという疑いが堀部さまにかかっています。そのことでお力になれたらと思いまして」

「ほんとうに堀部の仕業ではないのですか」

「違います」

其角は強く否定してから、

「ところで、先日の上屋敷明け渡しの時に、道具屋が来ていたそうですが、藤井さまが連れてこられたとうかがいました」

「道具屋がどうかいたしましたか」

「吉良さまが襲われた現場には赤穂の名刀、銀八の短刀が落ちていたそうですが、この短刀はどうやら堀部さまの物だったらしいのです。そこで、家財といっしょに道具屋に引き取られたものではないかと思ったものですから」

「うむ」

「その道具屋はどこでしょうか」

「明石町（あかしちょう）にある『古物堂（こぶつどう）』です。そこの松太郎（まつたろう）という番頭が来ました」

「『古物堂』の松太郎ですね」

「堀部はこの短刀の件ではめられたのでしょうか」

「堀部さまがはめられたというより、たまたま手に入れた短刀が堀部さまのものだったということだと思います」

其角は口にし、

「おそらく吉良さまを斃したい者がいて、たまたま手に入れた短刀をわざと現場に落として浅野家の家臣の仕業に仕立てようとしたのでしょう」

「うむ」

藤井が苦しそうに呻いた。

「何か」

「ほんとうに浅野の者ではないのですか」

「片岡源五右衛門さまは吉良さまを恨み、かつ堀部さまと揉めていたそうですね」

「いかにも」

「不破さまにも、お会いしましたが、片岡さまがそこまでなさるとは思えないと言っていました」

「ともかく、浅野の者でないことを祈るのみです」

「さっそく、『古物堂』に行ってみます」

其角は意気込んで言った。

其角は明石町に足を向けた。

『古物堂』はすぐわかった。暖簾をくぐって土間に入る。暗い陰気な感じの店だった。店座敷には甲冑が飾ってある。桐の箪笥や長持なども置いてあった。奥のほうには刀剣や短刀も置いてある。

「いらっしゃいませ」

顔の長い番頭らしい男が声をかけてきた。

「松太郎さんっていう番頭さんはいるかね」

「松太郎は私ですが」

「そうかえ。宝井其角ってもんだが」

「へえ、其角先生のことは存じ上げております。私どもの主人も俳諧をやりますので」

「そうかい。ちょっとききたいんだが」

「なんでしょうか」

松太郎は如才がない。

「赤穂の浅野さまが上屋敷を引き払うとき、屋敷に行ったと思うが」

「はい。ご家老の藤井さまにお声をかけていただき、おかげでいいものを引き取ることが出来ました」

松太郎は正直に答えた。

「そのとき、短刀を引き取らなかったか。赤穂の刀工、銀八が作ったものだ」

「確かに、短刀も引き取りました」

「それは落ちていたのか、それとも箪笥や何かに仕舞ってあったのか」

「店に帰って箪笥を開けたら入っていたのです。あとで藤井さまに訊ねましたが、そのままとっておけと」

「その短刀はどうした？」

「売りました」

「誰だ、買ったのは？」

「商人風のお方でした。赤穂の品物があると聞いて、ここにやってきたようで、短刀を見つけると迷わず買っていきました」

「どんな男だ？」

「小肥りで丸顔でした。三十歳ぐらいだったでしょうか」

「いつごろだ？」

「四月半ばごろだったでしょうか」

「今の話、同心の巣鴨か金蔵親分に話してくれないか」

「何かあったんで？」

其角はわけを話した。

「浅野さまのご家来に疑いが？」

「そうだ。どこまで、巣鴨が素直に聞き入れるかわからんが」

「わかりました。そういうことであれば、さっそく」

松太郎は意気込んで言った。

強引に罪にしようと思えば、巣鴨は松太郎の訴えを無視するかもしれない。だが、巣鴨への牽制になるだろう。

あとは松太郎に託し、其角は『古物堂』を出た。

茅場町に向かいながら、短刀を買っていった商人風の男のことに思いを馳せた。

その男は吉良を襲った一味の者かもしれない。小肥りで丸顔、三十歳ぐらい。どこかで見かけたような気がすると、其角は思った。

第四章　遺恨

一

どんよりとして、今にも降り出しそうだ。

「雨になるかな」

其角は憂鬱な気持ちで窓の外を見た。

「降るでしょうね。今日は外出せず、句作に励んだらどうですか」

二郎兵衛が言う。

「そうだな」

『おそめ』の女将の顔が浮かんだ。一昨々日は、佐助に譲ったが、また会いに行くつもりだった。

おそめの顔がふいに阿国に変わった。そうだ、阿国にも会いたい。そう思ったとき、吉原の滝川太夫の顔が脳裏を掠めた。

しばらく、滝川太夫にも会っていない。

そういえば、山田宗徧が『鶴見屋』の桐里を身請けするという話がなくなったという話を聞いた。

なんでも、身請けの日まであと数日というときに、桐里が急に断ったという。

そもそも、桐里の身請け話を聞いたときにおかしいと思ったものだった。桐里には南郷伴三郎という間夫がいるのだ。

「そうそう、先生」

二郎兵衛が思い出したように、

「深河三四郎さんのことですが」

と、口を開いた。

「きのう霊巌寺に行ってみました。寺務所でききましたら、深河さまのことはわからなかったのですが、泰吉というひとは三河町（みかわちょう）一丁目の下駄屋の主人だそうです。泰吉さんの父親が霊巌寺に眠っているということでした」

「三河町一丁目か」

泰吉にきけば深河三四郎という浪人の居場所もわかるだろう。

「そうか。よし」

其角は立ち上がった。

「出かけるんですか」

「うむ」

「雨になりますよ。三河町一丁目に行くんですか」

「いや、呉服橋だ」

「呉服橋？」

二郎兵衛は怪訝な顔をした。

「吉良さまの屋敷だ」

「吉良さまの屋敷にどうしてですか」

「南郷伴三郎に会ってくる。確かめたいことがあるのだ」

「雨になるかもしれませんよ」

「いや、帰ってくるまでは持つだろう」

いっしょに行くという二郎兵衛を抑えて、其角はひとりで出かけた。

呉服橋にある吉良の屋敷にやってきた。三年前に鍛冶橋にあった屋敷が火事で焼け、ここに移ってきたそうだ。

其角は門番に声をかけた。

「宝井其角と申す。南郷伴三郎どのにお会いしたいのだが」

「其角先生ですか。南郷伴三郎は近頃召し抱えられた者ですね。少々お待ちください」

若い門番は其角を知っていたようだ。

其角はもうひとりの門番と世間話をして待った。その話から、連日、上杉家の家臣たちが何人もこの屋敷に護衛のためにやってきているという。

先日、襲われてから、警戒が厳重になったようだ。

さっきの門番が戻ってきた。その後ろに、背の高いがっしりした体軀の侍が見えた。月代を剃って髷を結っているので印象が違ったが、南郷伴三郎に間違いなかった。

其角の前に立つと、南郷は浅黒い顔を向けて、

「私に何か」

と、厳しい声できいた。

「宝井其角です。南郷どのとは色々な因縁がありましたな。一度、ゆっくりお話をしたいと思っていたのです」

其角は石橋宗心が殺された件をそれとなく持ちだした。

「そうそう、わしが荒川平八に襲われたとき、平八に気づかれぬようにわしを助けてくれた。遅ればせながら、礼を言います」

其角は頭を下げた。

「……」

南郷は困惑している。

「ここでは話も出来ない。向こうに」

そう言い、其角は南郷をお濠のほうに誘った。南郷は黙ってついてきた。

柳の木のそばで、其角と南郷は向かい合った。

「どういう経緯で、吉良さまに召し抱えられることに？」

其角は切りだした。

「警護の者を探しているとお聞きして出向きました。家来としてではなく、あくまでも吉良さまの警護をするということです」

「それほど吉良さまをお守りしたかったということかな」

「いえ。手当てがよかったので」

「なるほど、金か」

「……」

南郷は俯いた。桐里のことを口にしようとしたが、思い止まった。

「それに吉良さまを昔から存じ上げていましたから」

「吉良さまとはどのような？」

「私が仕えていた先生が吉良さまと懇意にしていらっしゃいましたから」

「山鹿素行どのですな」

「そうです」

南郷は驚いたように言う。

山鹿素行は儒学、軍学者で、元々は林羅山(はやしらざん)に学んでいた。朱子学を批判して江戸を追い払われた後に赤穂藩で十年ほど過ごした。その後、江戸に戻って軍学を教えていた。

「先生が赤穂から江戸に戻られたあと、お亡くなりになるまで、内弟子としておそばに仕えました」

十六年前に亡くなったが、今でも山鹿素行の影響を受けた弟子たちは多くいる。

「山鹿素行どのは、赤穂の浅野内匠頭さまとも吉良上野介さまとも親交があったのですか」

「そうです。私にききたいこととはなんでしょうか。そろそろ屋敷に戻らないと」

南郷は言う。

「吉良さまは二度襲われたそうですね。南郷どのが賊を追い払われたそうですな」

「私だけではありません。警護の侍は何人かいましたから」

「その賊についてお訊ねしたい。奉行所では赤穂の者の仕業と見ているようです。そのような様子はありましたか」

「わかりません。賊は覆面をして、無言でしたから」

南郷は首を横に振る。

「他の警護の方々はなんと？」

「赤穂の者に違いないと」

「吉良さまは？」

「吉良さまも赤穂の者の仕業と思っているようでした。最初に襲われたとき、賊のひとりが赤穂の刀工作の短刀を落としていきましたから」

「賊の特徴はわかりますか」

「なぜ、そのようなことを？」

南郷が疑うようにきいた。

「同心の巣鴨が、わしがその賊に関わっていると疑っているんです」

「先生が？」

南郷は頷き、思い出すような目つきになって、

「ひとりは拙者のような背格好でした。もうひとりの侍は細身でした。この侍は少し年齢が行っているような感じでした」

「年寄りですか」

「もうひとりは小肥りでした。三人とも剣の腕は立ちました」

「小肥りの男も侍ですか」

「そうです」

「背の高い侍の腕は？」

「剣捌き(さば)は素早く、かなりの者です。あまり見かけない剣術でした」

「見かけない剣術というと？」

「わかりませんが、中条流(ちゅうじょう)、新富流(しんとみ)、念流(ねん)、陰流(かげ)ではありません」

体つきは堀部に似ているが、確か、堀部は直心影流(じきしんかげ)である。

「そのことを同心の巣鴨には？」

「いえ、話していません」

堀部安兵衛と不破数右衛門も南郷と似たような背格好だ。背の高い侍は三人の賊のうちでひとりだけだ。堀部と不破がいっしょに襲ったわけではない。

「誰が疑われているのですか」

南郷がきいた。

「堀部安兵衛さまです」

「堀部さまではありません。拙者は高田馬場の決闘のとき、ちょうどその場に居合わせました。あの剣捌きとはまるで違いました」

「そうですか」

「もう戻らないと」

「あとなにか気づいたことは？」

南郷は言う。

「そうそう退散するときに年寄りが叫んだのですが訛りがありました」

「訛り？」

「北国の言葉ではないかと」

「北国訛り」

有力な手掛かりだ。

「また、何かあったら、お訪ねしたい」

南郷は無言で会釈をして屋敷に戻って行った。

其角が呉服橋を渡り、お濠沿いを歩きはじめたとき、背中にひとの視線を感じた。振り返ると、遊び人風の男がひとりで歩いてきた。背が高い。俯き加減なので顔ははっきりわからないが、面長だ。

其角は用心して立ち止まった。その脇を、男は其角を横目で見ながら追い越し、一石橋（いっこくばし）を渡っていた。

堀部安兵衛の長屋に現われたという遊び人風の男に特徴が似ている。なんとなく不審を抱きながら一石橋に差しかかった。

橋の袂（たもと）に年寄りの大道易者がいた。前に置かれた台に筮竹（ぜいちく）や算木（さんぎ）があった。

其角は易者の前を通って橋を渡って行った。

三河町一丁目に着いたころ、頰に冷たいものが当たった。降ってきやがったかと思ったが、まだ本格的には降り出さない。

小商いの店が並ぶ通りを左右に目を凝らしながら歩いて、下駄屋を見つけた。

店先を過ぎると、若い男が店番をしていた。

其角は顔を出し、

「ちょっと訊ねるが、ここは泰吉さんの店かね」

と、声をかけた。

「そうです」

若い男は頷く。

「今、いるかね」

「出かけております」

「そうか。ところで、深河三四郎という浪人を知らないか」

「深河さまなら二階に住んでおります」

「二階に？」

「はい。間借りをしています」

「今、いるか」

「いらっしゃると思います」

「すまないが、お会いしたいんだ。呼んでくれないか」

「あなたさまは?」

「宝井其角ってもんだ」

「宝井其角? 少々お待ちください」

若い男は其角のことを知らないようだ。

しばらくして、若い男が戻ってきた。

「今、下りてまいります」

「そうか」

待つほどのこともなく、浪人がやってきた。やはり、霊巌寺で襲われたとき助けてくれた侍だった。

「深河どの」

其角は声をかけた。

「どうしてここに」

深河は警戒ぎみにきいた。

「お礼が言いたくて、霊巌寺の寺務所で聞きました」

「別に礼などいらぬ」

「そうはいきませぬ」

南郷が剣を交えた賊かどうか、其角は深河の体つきを南郷と比較した。似ている。だからと言って、吉良を襲った賊とは決めつけられないが、其角は微かに手応えを感じていた。

「あやういところを助けていただいたのです。改めて礼を申し上げます」

其角は頭を下げた。

「うむ。わかった」

深河は頷いた。

「深河さまはお国はどちらで？」

「西のほうだ」

「西ですかえ」

其角はわざと首を傾げた。

「なんだ？」

「いえ。北のほうかと思っていたので？」

「北？」

深河は眉根を寄せ、

「なぜ、そう思われたのか」

と、きいた。

「なんとなくです」

背後にひとの気配がした。

振り返ると。小肥りの男が立っていた。

「これは其角先生ではありませんか」

男が声を上げた。泰吉だった。

「泰吉さん、この前はありがとうございました」

其角は頭を下げた。

「わざわざ礼を言いにきてくれた」

深河が顔をしかめて言う。

「なんと律儀なことで」

泰吉は困惑したように、

「でも、どうしてここが?」

と、窺うようにきく。

「霊巌寺の寺務所で聞きました」

其角は答えた。

「そうですか。あの日は父の祥月命日でした」

「深河さまはどうして？」

「泰吉の父親には世話になったからな」

深河が答え、

「では、拙者はこれで」

と、部屋に戻っていった。

「おかみさんは？」

其角はきいた。

「おりません。じつは最近、離縁しましてね」

「離縁ですか」

「まあ、色々ありまして」

泰吉はそう言ったあとで、店番をしていた若い男に向かい、

「荷は入ったか」

と、きいた。

「入りました」

「よし、では、さっそくとりかかろう」

泰吉は其角に顔を戻し、

「其角先生、すみません。ちょっと片付けなければならないことがありまして」

と、忙しそうに言った。

「いや、勝手にお邪魔して申し訳ない」

其角は詫びてから店を出た。

なんとなく、深河と泰吉のことが気になった。吉良を襲った賊のうちのふたりに背格好は似ている。それは偶然かもしれないが……。

其角は近所にある紅屋に行き、店番の内儀らしい女にきいた。

「あの下駄屋に年寄りはいるかね」

「年寄りはいませんよ。前の旦那が去年亡くなりましたからね」

「そうか、いないか」

「ただ、離れに岩村麦伝（いわむらばくでん）という易者が住んでいますけど」

「年寄りか」

「はい。矍鑠（かくしゃく）としていますが、六十過ぎのお方です」

「岩村麦伝か」

其角は呟き、

「今はいるかな」

と、きいた。

「いつもは一石橋の袂で商売をしているようですよ」

「一石橋？」

其角は年寄りの易者を思い出した。

「あの易者は下駄屋の離れに住んでいるのか」

「そうです」

これで三人揃ったと、其角は唸った。だが、偶然かどうか。

「岩村麦伝は江戸の者か」

「いえ、少し訛りがあります。たぶん、北国の出ではないでしょうか」

「北国……」

其角は女に礼を言い、通りに出た。

またぽつりと降ってきた。其角は急ぎ足になった。

もし、あの三人が吉良を襲ったとしたら、どんなわけがあるのか。其角はそのことを考えながら、茅場町の江戸座に戻った。

二

翌朝も雨は降り続いたが、昼すぎに止んだ。陽も出てきた。

其角は二郎兵衛を連れて一石橋の近くにやってきた。

橋の袂に、大道易者が出ていた。

「あの易者だ」

其角は岩村麦伝を見つめながら言う。

「わかりました」

二郎兵衛は一石橋のほうに向かって歩き出した。そして、橋を渡りかけてから引き返し、易者の前に行った。

其角は二郎兵衛が占ってもらっている姿を横目にして一石橋を渡った。

常磐橋の近くで待っていると、二郎兵衛がやってきた。

「どうだった？」

「やはり、ほとんどありませんが、ときたま訛りが出ます。おそらく、北国の出ですが、長く江戸に住みついているのでしょう」

二郎兵衛は言ってから、

「それからあのお方は武士でしたね」

と、言った。

「笹竹を使う手の皮の厚さやたこなど剣を握っていると思われます」

「いよいよ、疑わしくなったな。『古物堂』で赤穂の刀工の作った短刀を買い求めたのが泰吉かどうか。番頭の松太郎に見てもらえばわかる」

其角は張り切って言う。

「先生」

二郎兵衛は表情を曇らせた。

「最近は伊勢貞九郎と吉良さま襲撃のことばかりにかかりきりで、句作のほうが疎（おろそ）かになっていませんか」

「……」

其角は返事に窮した。

「いいかげんなところで手を打たないと。昨日も先生の留守の間に紀伊國屋さんがいらっしゃって、最近先生は全然付き合ってくださらないとぼやいていましたよ」

「文左衛門が？」

「そうです」

「しばらく吉原に行っていないな」

吉原で遊んだ掛かりはいつも文左衛門が持ってくれているのだ。

「もう少しでけりがつきそうではないか。あとひと踏ん張りだ」

其角は吉良上野介襲撃に関わる不破数右衛門や堀部安兵衛の疑いを晴らし、不審な死に方をした伊勢貞九郎の死の真相を明らかにしたいのだ。

「ともかく、『古物堂』の番頭に泰吉を見てもらおう」

其角は常磐橋から引き返し、明石町まで行った。


『古物堂』の松太郎を連れて、其角が三河町一丁目にやってきたときはもう黄昏時（たそがれどき）になっていた。

下駄屋の店先が見通せる長屋木戸に其角と松太郎は立った。

「じゃあ、わしが泰吉を外に連れ出す。ここから確かめてくれ」

「わかりました」

松太郎は緊張した声で言う。

下駄屋に行こうと、其角が長屋木戸から出ようとしたとき、駕籠がやってきて、下駄屋の前で停まった。

泰吉が駕籠から下りた。

「泰吉だ」

其角は口にし、松太郎を見た。

「あのひとです。短刀を買ったお客さんです」

「やはり、そうか」

其角は昂る気持ちを抑えながら、

「すまなかった。わざわざ来てもらって」

と言い、松太郎に頼んだ。

「このことはまだ黙っていてもらいたい」

「同心の旦那には短刀を売ったことは話しておきましたが」

「うむ、それだけでいい。誰に売ったかはまだ言わないでもらいたい。もう少し調べなければならないのでな」

「わかりました」

松太郎と別れたあと、其角は下駄屋の並びにある紅屋に顔を出した。

「お内儀さん。すまないな。また教えてもらいたいんだが」

「なんですね」

「あの下駄屋はいつごろからあるんだね」

「二十年ぐらいですよ。最初は先代が奉公人を使ってやってましたが、十年ぐらい前に泰吉さんがやってきて」

「岩村麦伝という易者はいつから離れに？」

「やはり、十年ぐらい前です」

「深河という浪人は？」

「三年ぐらい前だったかしら」

女は答えたあとで、

「いったい、何があったんですね」

と、声をひそめてきいた。

「たいしたことではない。武士が訪ねてくるようなことはなかったか」

「深河さまのところに何度かお侍さんが訪ねてきていたようです」

「どんな侍だ？」

「三十半ばぐらいで、羽織を着ていました」

「どうして深河さまのところを訪ねたと思うのだ？」

「深河さまといっしょに下駄屋から出てきましたから」

「そうか」

深河が以前に仕官していた大名家の朋輩か。

「どこのご家中かわからないだろうな」

「わかりません」

「深河どのと話をしたことはあるか？」

「いえ。近所ですから、よく顔を合わせますけど挨拶程度です」

「そうか」

泰吉や深河に会って問い質したいが、岩村麦伝を含めた三人のことを何も知らないのだ。何のために吉良を襲ったのか。そのわけがわからない限り、追及は出来ない。

背後に柳沢保明がいる可能性もある。伊勢貞九郎殺しは柳沢保明が絡んでいると、其角は睨んでいるのだ。

其角は女に礼を言って引き上げた。途中、大伝馬町を通り、『おそめ』に近づいた。すっかり暗くなり。提灯の明かりが輝いていた。

其角は寄っていこうか迷ったが、寄れば帰宅は真夜中か明け方になりそうだ。二郎兵衛にがみがみ言われるのも煩わしい。

未練を残しながら、其角は茅場町の江戸座に帰った。

二郎兵衛が迎えに出た。

「不破さまがお待ちです」

「不破どのが？」

其角は客間に急いだ。

襖を開けて入ると、

「其角先生」

と、不破は大仰に頭を下げた。

「どうしたんですね」

「同心の巣鴨がやってきて、疑いは晴れたと言ってきました」

「巣鴨が？」

其角は意外に思った。

「現場に落ちていた短刀は道具屋の手に渡り、それを買っていった客がいたことがわかったそうです。それだけでなく、吉良の警護の侍が、賊のひとりに北国のほうの訛りがあったと話したそうです」

南郷伴三郎が話してくれたのだと思った。

「よく巣鴨が素直に聞きいれてくれました。もっと強引に出てくるかと思ったのですが」

襲撃に失敗しているのだから、赤穂の者の仕業に仕立ててもあまり意味をなさないと考えたのか。

それとも、賊の正体に気がついたのか。

「ただ、巣鴨はこう言ってました。過去の二度の襲撃は赤穂の者ではないようだが、今後赤穂の者が吉良さまを襲わないとも限らない。だから、見張りは続けると、吠えていました」

不破は口元を歪めて言ったあとで、

「ともかく、これで厄介ごとから解き放たれました」

と、ほっとしたように言った。

「堀部さまにも話は行っているのでしょうか」

「いや、巣鴨は拙者に話しただけだとか。これから堀部どののところに行くつもりでしょう」

そう言い、不破は立ち上がった。

「堀部さまに他の方々にも知らせるように話したほうがいいでしょうね。同じ赤穂のひとたちでお互いに疑いを抱くようになっていましたからね」

「承知いたしました」

不破は頷いて引き上げて行った。

「これで一安心だ」

巣鴨があっさり赤穂の者の仕業ではないと認めたのは、少し意外だった。赤穂の者の仕業に仕立てようという思惑があったのかと思ったが、どうやら柳沢保明も関係がなさそうだ。

吉良を襲ったのは深河三四郎、泰吉、そして岩村麦伝の三人と思われる。岩村麦伝も元は侍なのだ。

吉良襲撃を赤穂の者の仕業に見せかけるために、泰吉は道具屋から短刀を買った。赤穂以外に、吉良を恨んでいる者がいるのだ。

松の廊下の浅野内匠頭の刃傷以外に、吉良は恨みを買う何かをしていた。吉良上野介には心当たりがあるのではないか。

それが何か。深河三四郎らは何者なのか。其角は気になったが、まずは一段落だ。

すると、改めて伊勢貞九郎殺しのほうに思いが向かった。鍵はやはり亀蔵だ。亀蔵が死んだという知らせはない。

どこかで暮らしているのだ。だが、亀蔵の居場所を見つける手掛かりはない。

亀蔵は深川の女郎屋から帰ってきたとき、伊勢町堀で貞九郎が男といっしょに江戸橋のほうに向かうのを見かけた。亀蔵には深川の岡場所に馴染みの女がいたという。

下男の身分では仲町(なかちょう)などの高いところにはいけない。どこかの安女郎を買っていたのだろう。

今も通っているのではないか。

「二郎兵衛」

其角は呼んだ。

「なんでしょうか」

「深川に行きたい」

「深川ですって。芸者ですか」

「違う。亀蔵を見つけるのだ」

亀蔵は今も馴染みの女郎に会いに行っているはずだと、其角は説明した。

「でも、どの見世かもわかっていないのでしょう。それに、毎日通っているわけじゃないでしょうし」

二郎兵衛は見つけるのは難しいと言った。

「運がよければ見つかる」

「でも」

「わしは行く」

「先生。ひとりではだめです。また、襲われます」

「だったら、黙ってついてこい」

其角は出かける気になっていた。


永代橋を渡り、富岡八幡宮のほうに向かう。

深川の花街は明暦元年(一六五五)に仲町と土橋が開業した。遊客でかなりの賑わいだ。吉原のように格式張った仕来りがないので、それなりに繁盛している。

「先生。これじゃ、ひとりの男を見つけるなんて無理ですよ」

二郎兵衛はひとをよけながら言う。

「そうだな」

其角も心細くなった。

富岡八幡宮の前を過ぎた。

「どうしますか」

「せっかく来たのだ。もう少し捜そう」

亀蔵がいないか、辺りを見まわしながら歩いた。

途中で引き返し、再び富岡八幡宮の前までやってきた。

「ちょっとお願いしてみよう」

其角は八幡宮の鳥居に向かった。

「神仏に頼ったって見つかりませんよ」

「そんなことはない」

其角が境内(けいだい)に入って拝殿に向かうと、前から来た若い男女の男のほうが、擦れ違ったあとで其角に声をかけた。

「其角先生じゃありませんか」

其角は振り返った。

「おまえさんは……」

「佐助ですよ」

「どうしてこんなところに？」

佐助の背後にいた娘を見てから、

「今度はしろうと娘に手を出したのか」

「違いますよ」

「『おそめ』の女将はどうした？」

娘に聞こえないようにきく。

「あの女将は私が相手出来るような女じゃありませんよ」

「振られたか」

「いえ、振られちゃいませんが、先生以外の男にも色目をつかいやがって。もう、懲りました」

「そうか。まあ、あの手の女はそういうものだ。それを承知して付き合わなきゃだめだ」

「そうですね」

「だが、しろうと娘を騙しちゃだめだ」

「わかってます」

佐助は小さく頷いた。

「じゃあな」

其角が拝殿のほうに向かいかけたとき、

「先生はわざわざお参りに？」

と、きいた。

「ひと捜しの祈願だ」

「ひとを捜しているんですか」

「ああ、亀蔵って男だ」

「亀蔵？　伊勢貞九郎が思い詰めた顔で川を見ていたと証言した男ですね」

「そうだ。知っているのか」

「貞九郎さんの死体が引き上げられたとき、亀蔵って男が町役人に色々説明していたのを見ていたんです。それから、ちょうどこの境内で、亀蔵が背の高い遊び人風の男と話しているのを見かけたことがあります」

「背の高い男？」

「三十歳ぐらいの面長で、きりりとした顔だちでした。その男、いつだったか、『西国屋』さんから出てきたのを見たことがあります」

「『西国屋』から？　いつごろか覚えてないか」

「いつでしたか」

佐助は首を傾げたが、

「そうだ。貞九郎さんを『西国屋』さんの近くで見かけたときですよ。そのあと、『西国屋』さんからその男が出てきたんです」

「やはり、『西国屋』か」

「じゃあ、私は」

娘が佐助を呼んでいた。

佐助が見かけたのは、堀部安兵衛の長屋に現われ、先日も其角のあとをつけていた男だろう。

佐助が去ったあと、

「御利益があったぜ、亀蔵に会えなくても、もっと手応えのある話を聞くことが出来た。三十歳ぐらいの背の高い面長の遊び人風の男。こいつが貞九郎を殺し、亀蔵を逃がし、わしをごろつきに襲わせたに違いない」

其角はにんまりしながら二郎兵衛に言い、

「もう亀蔵を捜す必要はない。引き上げよう」

と、境内を引き返した。

「先生。待ってください。御利益もなにも、まだお参りを済ませていませんぜ」

「そうだったな」

其角はあわてて拝殿に向かった。

三

翌朝、其角は小網町二丁目にある『西国屋』を訪れ、主人の京三郎と客間で向かい合った。

「ずいぶん、朝早くお出でで」

西国屋は厭味を言う。

「どうしても、ききたいことがあってな。朝になるのが待ち遠しかった」

「いったい、どうなさったので？」

「伊勢貞九郎殺しの真相がなんとなくわかってきたのだ」

「何をおっしゃいますか。伊勢貞九郎は自ら死を選んだのではありませんか」

西国屋は苦笑して言う。

「違う。貞九郎は殺されたのだ」

「ご冗談を」

「冗談ではない」

「貞九郎は再起を図り、魂を込めて書いた芝居が千秋楽を待たずに突然打ち切りになったことに衝撃を受けたのです。そのときの貞九郎さんの落ち込みは相当なものでした」

「いや、貞九郎は芝居が出来上がったときから元気がなかったそうだ。わしが会ったときも何か屈託がありそうだった。華やかに幕を開けた芝居の作者とは思えない様子だった」

其角は言い切る。

「それは其角先生の偏見ですよ。貞九郎は芝居が成功したことを喜んでいました。ただ。喜びを顔に出すような男ではなく……」

「いや、貞九郎は悩んでいた。そのときから不思議に思っていたのだ。芝居はうまく書けていたのに何が問題なのか」

「……」

「あの芝居は吉良上野介さまを強欲な因業爺とし、浅野内匠頭さまをけちな田舎大名にした。刃傷の原因は、まさに相容れない両者なのに、浅野さまが勅使饗応役に選ばれたことにあるとしている。しかしながら、刃傷の真相は浅野さまの乱心だ」

「乱心ではありません。浅野さまの遺恨です。松の廊下で浅野さまをとり押さえた梶川与惣兵衛どのが、『この間の遺恨、覚えたるか』という浅野さまの声を聞いていることから間違いないこと。貞九郎が書いた芝居どおりです」

西国屋は平然と言う。

「違う。浅野さまはそんなことを言っていない。刃傷のとき、その場にいた茶坊主の石橋宗心がすべてを見聞きしている」

「では、梶川与惣兵衛どのが聞いた浅野さまの言葉はなんだったのですか」

「そう言うように迫られたのだ」

「ばかな、誰が何のために？」

「上様、綱吉公をかばうために、柳沢保明さまが働きかけたのだ」

其角は膝を進め、

「いいか、綱吉公は母の桂昌院が朝廷より従一位（じゅいちい）を授かる日に松の廊下を血で汚したことに逆上し、即日切腹、そして浅野家断絶という厳しい処分を下した。しかし、浅野内匠頭さまが乱心だったなら、ろくに調べもせずに即日切腹にしたことに対して疑問がわきあがろう」

「……」

「柳沢さまは刃傷における事実を隠した。だが、真のことを知っている茶坊主の宗心がべらべら喋ってしまいかねない。そこで、失踪したという体で、宗心を殺し、死体が発見されないように墓地に埋めた……」

「そのような話、聞いたことはありません」

「宗心が殺されていたことが、乱心が真だと物語っている。さらに、宗心を殺した荒川平八という浪人も口封じで殺されている」

「そのような話は誰からも聞いたことはありません」

「おまえさんは嘘をついている」

其角は口元を歪めた。

「私が嘘つきだと仰るのですか」

「そうだ。嘘つきだ」

「どこが嘘だと言うのですか」

西国屋が気色ばんだ。

「おまえさん、どうして山村座の今回の芝居の金主になったのだ」

「以前にもお話ししたと思いますが、刃傷を芝居にすれば必ず大当たりをとると思いました。だから、ですよ」

「いや、違うな」

「違う？」

「そうだ。おまえさんは柳沢さまから頼まれたからだ」

「何を頼まれたというんですか」

「浅野内匠頭の乱心だったという真を隠し、刃傷沙汰の因が遺恨だったと世間に思わせるためにあのような芝居を思いついたのだ」

「其角先生。お言葉ですが、そのように思っている者は先生のほかにはいませんよ」

「そうだ。宗心が殺された理由を知っているのはわしだけだからな。そのことを知らなければ、あの芝居の真の意味はわからねえ」

「先生はたったひとりで騒いでいるんですね」

「いや、貞九郎が殺されたことを明らかにすれば、皆もわしの言い分に耳を傾けてくれるだろう」

「……」

「貞九郎は柳沢さまの家来から松の廊下の一部始終を聞いて芝居に仕上げたのだ。おそらく、その家来は吉良さまを強欲な因業爺に、浅野さまをけちな田舎大名にするように強要し、書き上げた台本が意に添わなければ何度も書き換えを命じていたのだろう。だんだん、貞九郎も相手の意図がわかってきた。だから初日を迎え、客が押しかけて盛況を極めても、貞九郎は気がすぐれなかったのだ」

其角は西国屋を睨みつけ、

「そんなとき、貞九郎にとって恐れていた事件が起きた。吉良さまが襲われたのだ。幸い、警護のものが応戦し、吉良さまはご無事だった。襲ったのは浅野さまの家来ではないかと同心の巣鴨は睨んだ。貞九郎はあの芝居のせいで、浅野さまの家来が吉良さまを襲ったと思い込んでしまった」

「まるで貞九郎から聞いたと言わんばかりの言い方ですな」

西国屋は鼻で笑った、

其角は西国屋の言葉を無視して、

「貞九郎は悩んで、そなたに相談したのではないか」

「まさか」

「いや、貞九郎は殺される何日か前から夜に宿を出て『西国屋』にやってきた。違うか」

「なんのことやら」

西国屋は顔をしかめる。

「そなたは柳沢さまの家来を呼んで、ふたりで貞九郎を説き伏せようとした。だが、このままでは吉良さまと浅野さまとの間で大きな争いに発展するかもしれない。責任を感じた貞九郎はすべてを打ち明けようとした。だから、自殺に見せかけて殺したのだ」

「ずいぶん話が飛躍しますな」

「殺したのは柳沢さまの家来だろう。三十歳ぐらいの背の高い面長の男だ。遊び人風の格好をしていたようだが、武士に違いない。その男がここに出入りしていたことはわかっている」

「……」

西国屋の顔色が変わった。

「その男は貞九郎を江戸橋まで連れて行き、隙をついて頭を殴り、川に突き落としたのだ。だが、それを、『江差屋』の下男の亀蔵に見られた。男は亀蔵を捕まえた。亀蔵は震え上がったに違いない。亀蔵は恐怖から男の言いなりになって嘘の証言をした。亀蔵をわしのような疑い深い者から遠ざけようと、男はおまえさんと相談し、亀蔵を深川入船町にある『西国屋』の寮に移した。どうだ？」

其角は迫った。

「どこにそんな証があるというのですか」

「証はない」

其角は吐き捨てた。

「しいていえば、亀蔵だ。わしが入船町の『西国屋』の寮を訪ねたあと、亀蔵はまたもどこかに移った。その亀蔵が見つかれば、口を割らすことが出来るかもしれない。亀蔵はどこにいるのだ？」

「知るわけがありません」

「おまえさんがあくまでもしらを切ることはわかっていた」

其角は溜め息をつき、

「わしひとりがいくら騒いでも貞九郎の自殺が覆らないこともわかっている。同心の巣鴨もぐるだからな」

「何を仰っているのかわかりませんが」

「巣鴨も柳沢保明の息がかかっているってことだ」

其角は怒りを抑え、

「今さら、貞九郎は殺されたと明らかにすることが出来ないことはわしでもわかっている。背後に柳沢保明がいたのではどうしようもないからな。ただ、わしは真のことを知りたいのだ。貞九郎を手にかけた男の正体を知りたいのだ」

「其角先生。先生のために申し上げておきますが、どうかもう手をお引きください。相手が悪すぎます」

「いや。貞九郎を手にかけた男はごろつきを使ってわしを襲った。いつでも待っていると伝えてくれ」

そう言い、其角は立ち上がった。

「そうそう、柳沢さまに其角が一度お会いしたいと申していたと伝えてもらいたい」

「それでしたら、紀伊國屋文左衛門どのにお頼みしたらよろしいかと」

「いや、おまえさんのほうが、用件が刃傷のことだとわかってもらえる。邪魔した」

其角は客間を出て、さっさと玄関に向かった。

江戸座に帰った。二郎兵衛がすぐ飛び出してきた。

「変わったことはありませんでしたか」

「まだ、だいじょうぶだ」

部屋に上がり、居間に行く。

「まだ？」

二郎兵衛はついてきていた。

「これから、わしを狙ってくるかもしれぬ。酒を持ってきてくれ」

「そんな。危険じゃありませんか」

「わしはその男を待っているのだ。その男の口から貞九郎のことを聞きたいのだ」

「これからお出かけのときは私が常にお供をします」

「酒だ」

二郎兵衛は徳利と湯呑みを持ってきた。

其角は湯呑みになみなみ注いで口に運んだ。

「残念だ」

其角は呻いた。

「貞九郎さんのことですか」

「そうだ。わしの考えに間違いないという自信はあるが、証がない。仮にあったところで、巣鴨がぐるだ。どうしようもない」

「亀蔵が見つかってもだめですか」

「今さら、亀蔵がほんとうのことを話しても、巣鴨は取り合わない」

貞九郎の無念を晴らしてやることが出来ない。其角は己の無力さに呆れる思いだった。

「宗心殺しを知らなければ、貞九郎殺しも理解出来ぬ」

湯呑みを空にし、また酒を注ぐ。

「先生、これ以上首を突っ込むのはやめましょうよ」

「そうはいかぬ」

其角は虚空を睨んだ。


翌朝、其角は両国矢倉米沢町にある堀部安兵衛の長屋に行った。

声をかけ、腰高障子を開ける。

「其角先生」

堀部は部屋で刀身を磨いていた。

「どうぞ」

堀部は刀を鞘に納め、上がるように勧めた。

「いや、ここで」

其角は上がり框に腰を下ろす。堀部が煙草盆を其角のそばに置いた。

「不破どのから聞きましたが、吉良さま襲撃の疑いが晴れたそうですな」

「ええ、そのようです。同心の巣鴨が伝えにきました。ただ」

堀部は眉を寄せ、

「今回の襲撃の疑いは晴れたが、この先、不穏な動きがあれば容赦はしないと釘を刺すのを忘れませんでした」

「赤穂の方々が吉良さまを襲うかもしれないと思っているようですね」

「そのようです」

「ほんとうのところはどうなんですか」

其角は声をひそめてきいた。

「仇討ちなどしませんよ。皆、新たな仕官先を見つけていますから」

堀部は言うが、堀部も不破も仕官先を探しているようには思えなかった。

「赤穂の方々は内匠頭さまが刃傷に及んだわけをどうお思いなのですか」

其角は堀部の顔を見つめてきいた。

「吉良どのへの遺恨です」

「皆さん、そう思っているのですか」

「それしか、殿が殿中で刃傷に及ぶわけはありません」

「乱心の可能性は？」

「ありません」

堀部は言下に言う。

「乱心などとは、吉良どのの近くにいる者が言い出したのでしょう。遺恨であれば、吉良さまへの批判も生まれますからね」

茶坊主宗心が殺されたわけを口にしようとしたが、其角は思い止まった。乱心で浅野家を潰したなどとは考えたくもないことかもしれない。

「ところで、なぜ、巣鴨は吉良さま襲撃の疑いを解いたのでしょうか」

「現場に落ちていた短刀は道具屋の手に渡ったあと、客が買っていったことがわかったそうです。それと、警護の侍から賊のひとりに北国の訛りがあったと聞いたそうです。拙者は新発田藩の出身で越後の訛りがありますので、訛りが因で疑いが晴れたとは思えないのですが」

「なるほど」

其角は首を傾げた。

では、短刀の件が一番大きいか。しかし、短刀を買った男が赤穂の誰かに渡したとも考えられなくはない。それが疑いの晴れる決定的なことだったかどうか。

それに、今思えば、『古物堂』の番頭が短刀のことを巣鴨に話してからそれほど日を置かずに疑いが晴れたのだ。

少し早すぎるようだ。

ふと思い出し、其角はきいた。

「堀部さまの留守中に、背の高い、面長の遊び人風の男が訪ねてきたことがあったそうです。心当たりはありませんか」

「いえ、ありません。その男が何か」

「柳沢保明さまの手の者ではないかと思ったのです」

「柳沢さま？　柳沢さまが赤穂の者の仕業だと思って我らを調べていたと？」

「そうかもしれません」

其角は首を傾げ、

「堀部さま」

と、改まって口を開いた。

「吉良さまの乗り物のあとをつけたことがありましたね。偶然乗り物に出くわしたのであとをつけたということでしたが、ほんとうは別のわけがあったのではないですか」

「……」

「ほんとうの狙いは南郷伴三郎では？」

其角は迫った。

「南郷伴三郎は山鹿素行の内弟子だったそうです。堀部さまは南郷伴三郎をご存じでしたか」

「私が江戸に来たときには、山鹿先生はとうにお亡くなりになっていましたから存じ上げませんが、南郷どのとは一度お会いしたことがあります」

「それはいつですか」

「三、四年前でしょうか。国表(くにおもて)から参られたお方が偶然、南郷伴三郎とばったりお会いしたのです。そのとき、山鹿素行先生の内弟子だといって引き合わされたのです」

「それだけで記憶に残っていたのですか」

「かなりの遣い手ということで印象に。先日、たまたま吉良どのの一行に出会ったとき、警護の中に南郷どのらしき侍の姿が見えたのでつい確かめようと」

堀部は厳しい表情で答える。

しかし、あのときの鋭い目つきは単に確かめるというより、もっと異様な雰囲気を感じた。

堀部は何か隠している。そんな気がした。

「山鹿素行どのは一時赤穂にいただけでなく、また吉良さまとも交流があったようです。その関係で、内弟子だった南郷伴三郎も両方に知り合いはいるのでしょうな」

「さあ、どうでしょうか。いくら山鹿素行先生の内弟子とはいえ、存命の頃は南郷どのもまだ子どもだったはず。素行先生がお亡くなりになったあと、それほど親しくしていたとは思えません」

堀部はむきになって言った。

「そうでしょうな。南郷どのは、吉良さまの警護に志願したのは、金のためだと言ってましたが」

「南郷どのに会ったのですか」

「ええ、吉良さまを襲撃した賊のことを確かめるために」

南郷が石橋宗心殺しの片棒を担いだときの因縁は話していない。

「堀部さま、南郷どののことで何か隠していることがあるんじゃありませんか」

其角は思いきって口にした。

「……」

堀部は俯いた。

「話してくださいな」

其角はせがむように言う。

「南郷どのは、賊は赤穂の者ではないとはっきり言っていました」

「赤穂の者ではないと?」

堀部が顔を上げた。

「ええ」

「やはり、そうでしたか」

「どういうことですか」

「赤穂の者ではないと言うのは、赤穂の者が襲ってくるかもしれないと考えていたからでしょう」

堀部は厳しい顔で言う。

「堀部さま、何をお考えなのです?」

しばらく迷っていたふうだったが、堀部はようやく顔を向けた。

「南郷どのは大石さまと親しいということでした」

「南郷どのが大石さまと？」

「山鹿素行先生がお亡くなりになったあと、南郷どのは遺言によって遺品を赤穂の大石さままで届けたことがあったそうです」

「そういう縁があったのですか」

「なぜ、南郷どのが吉良さまの警護をしているのか。最前、金のためだということでしたが、私は違うと思っています」

「違う？」

其角は身を乗り出し、

「では、なぜ」

と、堀部に迫るようにきいた。

「大石さまに頼まれたのではないかと」

「大石さまが敵の吉良さまの警護をするように南郷どのに頼んだと？」

其角は驚いたように言う。

「其角先生、他言は無用に願います」

堀部は厳しい顔で、

「赤穂の者は吉良を討つべしと血気にはやっています。私もそのひとり。ですが、大石さまは浅野大学さまを立てての御家再興を幕府に願い出ております。その間に、吉良どのを襲ったら御家再興に差し障りが生じます。そこで、南郷どのを吉良どのの警護役にして、万が一の襲撃に備えようとしたのです。南郷どのの存在は、我ら赤穂の者に対しての大石さまの睨みなのです」

「大石さまがそこまでして吉良さまを守ろうとしたのは、御家再興のためだけですか」

其角は疑問を呈した。

「そうです」

「御家再興がなると思いますか」

「わかりません」

「もしならなかったら、大石さまはどうなさるのでしょう」

「……」

「そのときは改めて吉良さまを……？」

其角は大石内蔵助の腹が読めた。吉良を討つつもりだ。数人で襲えば単なる私的な復讐。赤穂の者が団結して吉良を討てば、赤穂の意地を見せつけることが出来る。
いや、そうではない。
大石の真の狙いは吉良を討つことで、母桂昌院の従一位を授かる日だったという
だけで即日切腹にした綱吉公への抗議の意志を示そうとしているのではないか。
待てよ、と其角は思った。
大石は内匠頭が刃傷に及んだ理由をどう思っているのだろうか。まさか、乱心だ
と思いながらも吉良を……。
押し黙って考え込んでいる其角を、堀部は不安そうに見ていた。

四

其角は大井村（おおいむら）にある仙台藩の品川下屋敷を訪れ、隠居の伊達綱宗と居間で差し向
かいになった。

「突然、押しかけて申し訳ございません」

其角はまん丸い禿頭を下げた。

「いや、よく来てくれた」

綱宗はうれしそうに言う。

十九歳で三代目藩主になった綱宗だが、吉原通いの放蕩が過ぎて二十一歳で隠居させられた。

画を描き、和歌や書をたしなむ芸術家で、六十を過ぎていながら矍鑠として、いまだに吉原に行くこともある。

女中が酒肴(しゅこう)を運んできた。綱宗は其角が酒好きだと知っている。

「ご隠居は吉原のほうは相変わらずですか」

酒を口に運んでから、其角はきいた。

「うむ、しばらく無沙汰だ」

綱宗も酒を呷ってから答える。

「お体でも?」

「そうではない。今、画を描いていてな。大作だ。それが完成するまで我慢だ」

「では、お忙しいところを」

其角は恐縮した。

「気にせんでいい。其角先生と話すのは楽しいでな」

綱宗は言ってから、

「ところで、用があって来たのだろう。何か」

と、きいた。

「恐れ入ります」

其角は頭を下げて、

「教えていただきたいことがありまして」

「なんだ？」

「じつは吉良上野介さまが何者かに襲われました。警護の者の働きで事なきを得ましたが、襲った者の正体がわかりません。当初は赤穂の者の仕業と思われていたのですが、その疑いも晴れました」

其角は息継ぎをし、

「他に吉良さまが命を狙われるわけがあるのかどうか。お耳にしたことはありませんか」

「吉良どのか」

綱宗は首を傾げた。

「いや、そのような噂は聞かぬな」

「そうですか」

「何か手掛かりはないのか」

「襲ったのは三人。そのうちのひとりは年寄りだったと言います」

「年寄り？」

「その三人の見当はついているのですが、吉良さまとの関係がわからないのです」

「三人とは？」

「ひとりは六十を過ぎている岩村麦伝という大道易者。もうひとりは深河三四郎という三十半ばぐらいの浪人、最後のひとりは三十路ぐらいの商人です。この三人は武士だったように思えます。そうそう年寄りの賊には北国の訛りがあったそうです」

「北国の……」

綱宗の目が鈍く光った。

「何か」

「上杉家で、昔、妙なことがあった」

「妙なこと？」

「わしが二十四、五のときだから三十七、八年前のことだ。当時の米沢藩上杉家の藩主はわしよりひとつ年上の上杉綱勝どのだった。この綱勝どのの妹が吉良上野介どのに嫁いでいる」

其角は黙って聞いている。

「寛文四年（一六六四）、上杉綱勝どのが江戸の上屋敷で急逝された。何度も嘔吐を繰り返したあとで亡くなったのだ」

「……」

「問題になったのは直前に、妹の嫁ぎ先である吉良どのの屋敷に寄っていたことだ」

「なんですって、吉良さまの屋敷に？」

「そうだ。それで、吉良どのの屋敷で毒を飲まされたのではないかという疑いが生じた。吉良どのが上杉家を乗っ取ろうとしたのだと。しかし、綱勝どのは病死ということになった」

「そうですか」

「ちなみに、上杉家は吉良どのの息子が養子に入って継いだ。今の綱憲どのだ」

「それでは、吉良さまに疑いがかかるのも無理はありませんね」

其角はあることを想像した。

「病死と決まっても、その疑いを持っている者もいた。綱勝どのに仕えていた福王子八矢という男だ。この男は綱勝どのの寵愛を受けていたそうだ」

「衆道ですか」

「うむ。今は六十過ぎだ」

「岩村麦伝……」

其角は呟いた。

三十八年前の復讐か。そんな昔の遺恨が……と、其角は啞然とした。

「何かが見えてきたような気がします」

「それはよかった。そうだ、先生、幾つか句作がある。見てもらえますか」

「ええ、もちろん」

其角はすぐにでもひとりになって考え事をしたかったが、そうもいかなかった。

翌日は朝から雨が降っていた。其角は高下駄を履き、番傘を差し、三河町一丁目にある泰吉の店まで行った。

出てきた泰吉に、岩村麦伝への面会を求めた。

「まさか、占ってもらいたいことがあると？」

泰吉は厳しい表情になってきいた。

「そうです。相談したいことがある」

其角は口にした。

泰吉は不審そうな顔をしたが、

「今、きいてまいります」

と言い、離れに向かった。

すぐ、戻ってきて、

「お会いするそうです。どうぞ」

泰吉は離れに案内した。庭の草木に雨が当たっていた。

離れの座敷で、皺の浮いた浅黒い顔の年寄りと差し向かいになった。

「岩村麦伝どのですな。宝井其角と申します」

其角は名乗った。

「お悩みがあるようには見受けられませんが」

麦伝は窺うように其角の顔を見て言う。

「さよう。わしは悩みという悩みはありません。まあ、感じないというか」

「……」

「じつはひと捜しをお願いしたいのだ」

「ひと捜し？」

麦伝は不審そうな顔をした。

「はい。吉良上野介さまに関わるお方です」

「なに、吉良……」

麦伝の目が鈍く光った。

「吉良さまのことでいらっしゃったとは、なぜですかな。一向に解せませんが」

麦伝は口元を歪めた。

「吉良さまの乗り物が二度襲われました。最初は赤穂の者の仕業と思われていましたが、違うことがわかりました」

其角は麦伝の反応を窺いながら、

「吉良さまの警護の侍の話では賊は三人。うちのひとりは年寄りで、北国のほうの訛りがあったそうです」

と、口にした。

「なぜ、そのような話を？」

「それに絡んである人物の行方を捜したいのです」

「誰か」

「福王子八矢どの」

「なに」

麦伝は微かに動揺したようだ。

「三十八年ほど前、上杉綱勝どののおそばに仕えていたお方です。綱勝どのが不審な死を遂げたあと、上杉家を出奔したと聞いています」

「……」

「福王子八矢どのの行方を占っていただきたい」

障子の外に、ひとの気配がした。

「どなたかお出でのようですな。どうぞ、お入りいただいて」

其角は麦伝に言う。

「入りなさい」

麦伝は障子に向かって声をかけた。

「失礼します」

障子が開き、深河三四郎が入ってきて、其角に会釈をして麦伝の近くに腰を下ろした。

「福王子八矢のことをどうして知ったのか」

麦伝はきいた。

「伊達さまのご隠居に。三代藩主の伊達綱宗さままでです」

「綱宗さまか」

麦伝は目を閉じた。

「麦伝どの。あなたが福王子八矢どのでござるな」

「……」

麦伝は黙っている。

「このことを知っているのはわしだけです。わしは麦伝どのたちを奉行所や吉良さまに訴えようなどという気持ちは毛頭ない。ただ、赤穂の者の仕業に見せかけたことは許せません」

「……」

「でも、これ以上、ことを荒立てたくない。吉良さまを襲うのはこれまでにしていただきたい。吉良さまの命は赤穂の方々にお譲りを」

「やはり、赤穂の方々は吉良さまを？」

深河三四郎が横合いからきいた。

「どうでしょうか」

其角は曖昧に答える。

「いや、必ず討つはずだ。殿の恨みは四十年近く経っても変わることはない」

麦伝は呻くように言う。

「吉良さまが綱勝さまに毒を飲ませたと思っているのですか」

「そうだ。吉良上野介が毒をもって殿を殺したのだ」

「しかし、綱勝さまは病死だったと……」

「いや、吉良の思うままに上杉家は吉良に乗っ取られた。わしは藩を離れ、静かに殿の菩提(ぼだい)を弔いながらこの三十八年を生きてきた。そんなときに、松の廊下の刃傷沙汰。吉良の強欲さを知り、改めて綱勝さまを殺したのは吉良だと思った。だから、今そこ殿の無念を晴らさんとこの者たちの手を借りて……」

「あなたは？」

「私は上杉家に仕えていましたが、藩主の綱憲公の逆鱗に触れて、浪人になりました」

深河が言う。

「泰吉さんも？」

「あの者も上杉家に仕えていた。福王子八矢さまと知り合い、いっしょに暮らすようになりました」

「吉良を討ち果たせなかったこと、無念だ」

麦伝が歯噛みをした。

「麦伝どの。松の廊下の刃傷は浅野内匠頭さまの遺恨ではありません」

「遺恨ではない？　なんだと言うのだ？」

「浅野さまの乱心です」

「乱心？　ばかな。乱心ならば、即日切腹、御家取り潰しの沙汰になるはずがない」

「乱心だという証はあります。刃傷の現場にいた茶坊主の石橋宗心が柳沢保明さまの手の者に殺されています。宗心は遺恨ではないことを知っていたのです」

「……」

「綱吉公は、刃傷沙汰が母桂昌院さまが従一位を授かる日に起きたので、立腹されて浅野さまを即日切腹させてしまった。このことを隠すために、柳沢さまは刃傷の因を遺恨にしたのです。先日の山村座の芝居も、刃傷は遺恨によるものと世間に知らしめるために上演させたのです」

「……」

「柳沢さまの手の者から強要されて芝居を書いた伊勢貞九郎という男は、真実を語ろうとして殺されてしまいました。柳沢さまの手の者の仕業です」

「なんと」

「確かに、勅使饗応役の指導は厳しかったかもしれない。でも、吉良さまは浅野さまを特にいじめたりしてはいないはずです。吉良さまはそのようなお方ではありますまい。ですから、綱勝さまの死も毒殺ではありえないと思います」

其角は言い切った。

「わしは幻影を追っていたというのか」

麦伝は眦をつり上げた。

「そうです。あなたは勝手な思い込みから必要のない恨みを持ち続けていたのです」

「そんなばかな……」

麦伝は憤然として拳を握りしめた。

「吉良さまを恨むことは今日限りにすることです」

其角は深河三四郎に目を向け、

「あなたからも麦伝どのを説き伏せていただきたい」

「必ず」

深河ははっきりと請け合った。

「では、わしはこれで」

其角は立ち上がった。


雨の中を、其角は番傘を差し、高下駄で三河町一丁目を出た。

鎌倉(かまくら)河岸を通る。雨は降り続いている。其角は帰り道を急いだが、水たまりやぬかるみに足をとられ、思うように歩けなかった。

河岸は雨に煙っていた。笠をかぶり、雨合羽を羽織った背の高い男が待ち伏せていたように前方に現われた。

其角は近づいて行き、途中で立ち止まった。顔は面長だ。

「柳沢さまの指図で、色々動き回っていた男だな」

其角は警戒しながらきく。

「芝居の筋書きを強要し、そのことで良心の呵責に耐えかねた伊勢貞九郎を殺し、霊巌寺の裏手で、ごろつきにわしを襲わせた。そうそう、堀部安兵衛さまの長屋に現われたのもおまえだな。なぜ、堀部さまの長屋に行ったのだ？」

「吉良さまを襲ったのがほんとうに堀部安兵衛なのかどうか調べていたのだ」

「柳沢さまも赤穂の者の仕業と思っていたのか」

「そうだ」

「やはり、おまえは柳沢さまの手の者だな」

其角は口元を歪め、

「亀蔵はおまえが伊勢貞九郎を殺すのを見ていたのだな」

と、確かめる。

「まあ、其角先生の想像どおりだ」

「わしの想像は西国屋に話しただけだ。西国屋から聞いたのだな」

「そういうことだ」

男は懐から匕首をとり出し、

「死んでもらう」

「待て、その前に名を教えてもらう」

「冥土の土産に教えよう。俺は脇田弥十郎だ。金で雇われているだけだ」

脇田弥十郎は匕首を構えていきなり突進してきた。其角は傘を弥十郎に突き出す。

たちまち頭から雨がかかってきた。

其角の傘は弾き飛ばされ、相手が目前に迫った。其角は横っ跳びに避けた。が、体勢を崩して倒れた。

「覚悟」

弥十郎が匕首を振り下ろそうとした。そのとき、横合いから黒い影が飛び出してきて、弥十郎と取っ組み合いになった。

が、両者は離れて立ち上がった。

弥十郎はいきなり踵を返して去って行った。

「二郎兵衛、もう少し早く来てくれれば、びしょ濡れにならずに済んだものを」

「だから、ひとりで勝手に出歩かないでくださいと言ったのです」

二郎兵衛は叱るように言ってから、自分が差してきた傘を拾い、其角に差し出した。其角の傘は破れていた。

「自身番で借りてきます」

二郎兵衛は自身番まで走って行った。

しばらくして、傘を差して二郎兵衛が戻ってきた。

「帰りましょう」

「うむ」

其角は歩きながら、

「二郎兵衛、帰ってからちゃんと話すが、すべて真相はわかった」

と、口にした。

「そうですか。それはよございました」

二郎兵衛が答える。

伊勢町堀に差しかかったとき、其角はふと足を止めた。

「二郎兵衛、先に帰っていろ」

「えっ？」

「わしはちょっと寄るところがある」

「待ってくださいな。そんな濡れ鼠(ねずみ)で」

「心配ない。今日中には帰るから」

「女のところですね。先生の着替えはあるのですか」

「なんとかしてくれるだろう。じゃあな」

其角は二郎兵衛の呆れたような声を背中に聞いて人形町通りに向かった。

そして、『おそめ』に着いて戸を開けると、奥から女将が出てきて、

「先生、どうしたのですか、びしょ濡れで。さあ、こっちに来て。濡れた体を拭い

てあげますから」

女将が弾んだ声で言う。

其角は鼻の下を伸ばして女将のあとをついていった。

光文社文庫

文庫書下ろし／長編時代小説

暁の雹　其角忠臣蔵異聞

著者　小杉健治

2022年12月20日　初版1刷発行

発行者　三宅貴久

印刷　萩原印刷

製本　ナショナル製本

発行所　株式会社 光文社

〒112-8011　東京都文京区音羽1-16-6

電話（03）5395-8149　編集部

8116　書籍販売部

8125　業務部

ISBN978-4-334-79460-6　Printed in Japan

組版　萩原印刷